村尾文

短篇集第1巻

冬瓜

西田書店

村尾文短篇集　第1巻　冬瓜　目　次

冬　瓜　3
雪景色　37
地下足袋　75
水の母　99
無花果　147
沼に佇つ　195
解説　上田徳子　247
選評　後藤明生　253

冬瓜

房の葬いがすんだばかりの村に、もう一つ葬いを出すことになって、村は朝からざわめいていた。それは堀立て小屋のような和子の住いまで落ちつかなくさせていた。

「意地がねえんだよ」「病が起きて水にはまっただっぺさあ」とひとしきり噂され、人の噂も七十五日とかいわれるその日を数えるにはまだ遠いというのに、こともあろうに、その房の夫が英霊として村へ還ってきたのだった。

房が水癲痫で死んでしまったということは、村の衆のきめた死因だが、ひっそり息をして暮らしていた房の死は、その噂の大がかりなのと比べて、はるかに軽く扱われたのだ。が、今、房の夫が英霊になって帰ってきたとなると、急に房の死んでしまったことが、新たな重さをもって人々の口にのぼるのだった。村の人達は、房の死には見せなかった涙を、今度は大っぴらに出して見せた。

「あんまりだわなあ。お国のために戦ってきたというによ。骨になって還ってきたというによ。それば抱いてくれるおっかあがいないなんてよう」

「ふんとに切ないことだわや。あの優しい男が銃後のために命落としてきたというに、一足ちがいでおっかあが死んでいたなんてよう。こんな哀しい話はざらにあんめえよう」

村の女たちは、遠慮会釈なく大きな涙をぼろぼろこぼした。それを、ごわごわした荒れた手の甲で拭った。

　ここのところ、続けざまに英霊が還ってきて葬いで賑った。知らぬ顔の英霊に和子も母も線香をあげに行った。和子の父も戦争に行っていた。父のことを思うだけで和子の瞼はふくれあがった。この村へ疎開してきて半年になろうとしていた。

　夏の葬いには冬瓜のお吸物が付きものだという。その冬瓜をこの村では作っていない。葬い続きで隣村の冬瓜もすでにない。向う岸までわけてもらいに行かなければならない。

「おいらあ向う岸のやんらのつらみるのも、けったくそ悪いだ」

とか、

「あんなやんらに頭下げに行けっかやあ」

と近所の嫁たちの言うのをきいて、和子の母はその役を買って出た。

「カコちゃん。冬瓜は川向うの村に行かなければ、もう手に入らないそうよ。この村の人たちは、川向うの人たちに頭下げるのいやなんですって」

「だって、こないだのときは、みんなで川向う行ったじゃあない」

「そうねえ。でも、それとは別らしいのね。あんなとき夢中で行っちゃったから、よけいまずいのかも知れないわねえ」

「……」

「カコちゃん一緒に行ってくれるわね。村の人たちの世話になってるんだから、こんなとき何かしなくっちゃあね」

疎開者だという引け目や、村の厄介者だという思いが、母をそんな気持ちに駆りたてているる。学童疎開に踏み切ってさえいれば、こんな苦労はさせないですんだのに、と母は口に出さないが、また心のうちで言っている。それが和子にはきこえる気がする。

父の還りを待つはずだった東京から二人は強制疎開させられてきたのだ。

母とはいつも一緒だと心に決めていたから、母が行くところなら頼まれなくても行くのにと、和子は不服だった。

大人同士のややこしい思いを詮索する気にはなれない。それに何となく好きだった房のその夫のためなら、知らない村へだって行こうと思った。

三十日ほども前。房は、ただ人々の陰口や軽蔑にさらされていた。押し黙って言われっぱなしになっている死が、そこにあった。ひたすら黙っている死。人は笑い、莫迦にした。和子が人の死に触れたのは初めてのことだった。「何も自転車と心中しなくてもよかっぺえに。だんなが戦地さ行ってて淋しいからって、自転車抱いてみせることあんめえよう」

「村中で一番あとに戦争さとられただから、どのおっかあらよりいつまでもいいことしてただによ。がまんなんなかっただだかね」

「戦争さなかなかひっぱられなかった男だども、あんでなかなかつよかっただだとよ。毎晩泣かされてよ。可愛がってもらってたもんはこらえ性がねえだわなあ」

村の嫁たちや、その姑にあたるおっかあたちは口々にそんなことを言っていた。

子供でも膝までしか水のない県道っぷちの川とも呼べない細い流れに、房は顔を突っこんで息絶えていた。この地方でえんまと呼ぶそこに自転車ごと落ちていたのだ。房は氷を荷台に積んだ自転車と重なるように水につかっていた。

人垣の間から覗いた和子の眼は、猛々しく生えている真菰をなぎ倒し、水のある方向に顔をのめりこませ、うつぶせになっている房の姿を捉えてしまった。まるで子供がふざけすぎての恰好のようだ。洗いざらしの絣のもんぺの片方が膝までまくれ上り、真白なふくらはぎが眼に眩しい。濃い緑の真菰の乱れた上に乗ったその足の先には赤い色を散らした藁草履がひっかかっている。桃色と赤で縒った鼻緒をみて、母の作った草履だ、と急に和子は悲しみが突き上ってきた。ひび割れた田の面のような足の裏が見えていた。薄い緑色の葉が泥と一緒に一枚こびりついていて、足からはみ出した葉先がかすかに揺れていた。風でもあるのか……。その葉先の動きさえ止まらなければ、それにつられて房も動き出しそうだ。和子は落ちる涙を頬に伝わらせたまま、葉っぱの葉先をじっと見守っていた。

房は癲癇持ちで、嫁になってからは病は起きなかったが、夫が戦争にとられたあと、時々その病が起きるようになったという。水にはまって死んだので、水癲癇なのだと、人々は口々に言っていた。人垣は興奮していて、人の死を悼むというより、まるで祭りの騒ぎだった。

あの藁草履は、母が、村の人たちから幸兵のおっかあと呼ばれている房の姑である後家に教えられながら、二日かかって編みあげたものである。ぼろを入れこんで編むと丈夫だと言われ、母は和子のメリンスの三尺を引き裂いて使った。

和子は、その時の絹を裂く音の鋭さにおびえた。母がヒステリーを起こしたのかと思った。何かどうしょもない哀しみでもあってのことかとおろおろした。疎開の荷物に紛れこんだ三尺が、あまりに可愛らしい色どりなので憎らしくなったのかと思ってもみた。が、思い切りのよい母の性分がそうさせているとすぐにわかった。

「こんな三尺しめてあげる日はもう来ないかも知れない。東京は焼け野原だというし、とうちゃんも還ってこられるかどうかわからないもの……」

と誰にともなく呟いて、肩を落とした姿は、それでなくとも弱々しく見える母を、いっそう儚く消え入りそうに見せた。

「んだ、んだ。ぜいたくは敵だべえ」

と茶化そうとした言葉を和子は慌てて飲みこんでしまった。

風呂場を改造してのこの堀立小屋には、ぼろといえる余分の品物は無い。慌ただしく東京から持ってきた少しばかりの衣類は、米や味噌と交換されていった。

草履を作りあげるには、先ず臼を裏返したその尻の上で、藁を叩いて柔らかくすることから始める。杵は重く、その杵の柄を脇の下にはさみこんでその杵を躰全体で操作しながら、臼の尻にのせた藁の束を叩くのである。左手はその藁の束を絶えずひっくり返す。最初へっぴり腰でおどけて踊っているように見えた母も、いつの間にかそれなりのリズムにのって、真剣に踊っていた。薄汚れて黄ばんでしまった白の半袖のブラウスの肩のあたりから背のあたりかけて汗が滲み、さらに黄ばんだ大きな染みを作っていた。杵で打ちながら、脇に置かれた水桶に指先を突っこんでは、それをはねて水を打ち、藁を柔かくしていく。それを途中から和子が受けもった。母と呼吸を合わせてひとつの仕事をしているという気持になれた。重い杵をもっているわけでもないのに、水をはねるだけで和子の顔からも汗がふき出た。何もかもが、めずらしく面白いのに、ものを作り出すことの容易でないことを思い知った。

柔かすぎる母の掌は、ごそごそした藁を、こすり縒り合わせて縄をなうのも覚えていった。母の合掌した掌の中から、縒られる藁の先が、のびては空間に輪を描いて遊んでいた。

手拭いで姉さんかぶりをした母は、幸兵のおっかあと同じように、半分あぐらをかいた恰好で、一枚の莚の上に仲好く並んで坐っていた。その尻の下には、孫の手を大きくして鍵の手に折り曲げた板が、またがれていた。右側には、柔かくなって甘く匂う藁の束と、その藁の長さと同じに切り揃えた三尺を引き裂いたぼろが美しく並べられていた。

細く綯った縄が五本、巨人のような孫の手にひっかけられ、引っぱられ、その間に叩いた藁とぼろをくぐらせては、畳の目のように織りこんでいくのだった。幸兵のおっかあの皺の深い手がひょいひょいとすばやく動くさまを、睨むように見据えては、鼻の頭から汗をしたたり落して母は懸命に作りあげたのだ。

莚の隅っこに和子もおずおずと尻をのせた。右の手と左の手に二本ずつの藁をもち、掌の上で合わせよじってみる。藁はくすぐったかったが、細い縄がよじれながら掌の下からにょろにょろ出てきた。

いつもひっそり隠れるようにしている房が、いつの間にか近くに来て立っていた。

「まさか東京のたいの作るもんはしゃれてやすなあ。そんなじょうり誰でもいっぺんは穿いてみたいと思いやすべえよ」

細い息を吐きながら、感嘆した声で言った。

「おやらい。おめえも、たまにはお世辞も言えるだねえ」

幸兵のおっかあは嫁の房をからかったあと、

「おらたちの足にはもったいなかっぺえよう」

と言った。

「まだ、ずくずくなんですよ。ほら、固く編めないで。もう少し上手に編めるようになったら、房さんにも穿いてもらいましょう」

と母が言う。

「もうちいっと、地味な色のぼろっこ入れて編んでもらわねえと、おめえには派手すぎっぺ」

とげとげしく言う幸兵のおっかあの言い方が気になって、和子はちらっと房を見上げた。何かと軽く扱われるのに慣れているのか、房は気の弱そうな笑みをたたえて立っていた。色こそ陽に焼けて黒いが、煮しめたような手拭いの陰になった衿足のすんなりした美しさに、和子は瞬間眼を奪われた。耳のふくよかさと、切れ長の瞳の上のまつ毛の長さに、ついうっとり仰ぎみていた。和子が見ているとも知らないで、房は黙って母の手にする草履を前のめりになってみつめている。姑の言葉が耳に入っていない吸い寄せられ方だ。

「よろしかったら、これどうぞ。上手になったのも、あとで貰って頂くとして」

はにかんで遠慮する房に、母は作りたての草履を房の絣の前掛けに包みこむようにして渡した。

母は、房に褒められたのが嬉しかったと、あとになって和子にまで照れながら嬉しがっていた。

思えば房が口を利いてみせたのは初めてのことだった。

村の衆には、ふた通りの人間がいる。よそ者として疎開者を遇し、排他的に扱い、どこかでじいっとみつめているようなところがありながら決して近寄らない人々と、押しつけがましい馴れ馴れしさで近寄って親切に振る舞い、素朴ながら恩に着せるふうなところをみせる者とがある。が、房はそのどちらでもなく、疎開者の和子母子を、終始控え目な優しい眼差しでみていた。房のこの眼差しに触れると、和子はふっと安らぎを覚えた。なぜか房の周りは透き通って見えた。

房は癲癇の病をかくすために、遠くの村から嫁に来たという。夫は男にしては温和すぎる人だったらしい。その夫だけを頼りにくらしている房だった。気の強い姑にもよく仕え、言うなりになっていたので波風も立たなかった。子供が生れないことで非国民呼ばわりされることなどもあって、ひっそり暮らしていた。

房は、隣村の氷屋の手伝いで、二里ほど先にある町から氷を運ぶのが仕事だった。農閑期に嫁は賃仕事に出る。毎日続く炎天下で房は頭がくらくらしていたにちがいない。そして、脇を流れているえんまをみたら、水草の間から兵隊に行った夫の顔が、ちらっと見えた。夫は今何をしてるだべ、といつだって考えていた房には、夫の顔が水面に現れて見えることもあるだろう。和子にしても父の顔をあのえんまで見たことがある。房は水に映った夫の顔を近くでよく見ようとしたら、えんまにはまっちゃったんだ。淵にしゃがみこんでとうちゃんの顔をよく見ようとして水の中を覗きこんだのを和子は思い出す。房は自転車だったから、ついこんなことになってしまったんだ。と、和子は独りそう決めていた。

そんなふうに死んでしまった房の、その夫のために、和子は母と渡し舟に揺られていた。

渡しを越えてきてみると、川一つ隔てただけだが、村のたたずまいが異なっていた。この川が県境でもあった。

何とはなし、家々の構えが大きく見えた。殆どが藁屋根の和子の村には見られない瓦屋根のどっしりした家があったり、同じ藁屋根でも、大きさも厚みもちがう。藁そのものにも光沢があり、邸の周りにめぐらした槇の木の生垣も丈が高く、一様によく手入れされてかっちりと太く角ばった塀にしつらえてある。

疎開した村は、やはり槇の木が畑と邸の境を示してはいたが、ぱらぱらと植えこんであるせいか育ちが悪く見える。どこからでも出入り自由といった趣があった。現に近所同士の女たちは、門からよりその隙間をくぐっては行き来していた。村長の家だけは、よく手入れして刈り込んであり、邸の中の木も、丸かったり四角かったりの木が植わっていた。村の子供たちはその前を通るとき、足を忍ばせるのだった。

こちら側の家は、みんな村長の家の構えだ。和子は急に、隙間だらけだったり、伸びるにまかせたなりの生垣が懐かしくなった。今、別れてきたばかりの村がどんなにのどかであたたかかったかを思った。

知らない村に入りこんだ和子母子はおずおずと足を進めていた。どこもかも知らない家なのだから、どこの家にでも入って行って、冬瓜をゆずってくれるように頼めばよいのであるが、どうしてか、おじ気づいてしまい、そろりと覗いては、もう一軒先の家にしようと、一軒また一軒と見送ってしまうのだった。家々は埃っぽい黄色い道の両側に並んでいた。和子母子がおじ気づくにはもう一つ理由があった。とりすましたようなかっちり刈り込まれた槙の生垣、そこから覗く眼に気がついてしまったのである。小さい子供の、そして大人の、老人の、自分たち二人を、凝っと見つめている眼が、そここにあった。

人の影はないのに、見据えられている。それらの眼は、この辺で見かけない二人の姿が気になってならないから、見張っているだけなのかも知れないが、何しに来たんだべぇ、とさぐられてもいる。おらさの村に何の用だっぺえ。よそ者だかんな、あいつらは……。

和子も母もずっと押し黙ったまま、ただ足が前へ動いてしまうから歩いてるといった具合に歩を進めていた。いや、眼の群にあと押しされて歩かされていた。咽の奥が妙に渇いて、和子は母に何か言おうとして声にならないのを知った。母は行手に捉えた一つの眼に縋りつくように、勇気を出して近づいて行った。すると、すうっと消えてしまうのだ。何回かそれをくり返した。声を掛けようにも姿が捉えられない。今しがた確かに自分たちを見ていたのに、そこには人影もなかった。思い切って、

「こんにちは。ごめんください」

と、母は今隠れた姿に向かって声をかけた。声は吸いとられていくばかりだった。門先で物乞いをしている気持ちになった。和子たちの様子を黙って見ている眼は確かにある。

そんなふうにして一つの村を通りすぎていた。二つ目の村は黄色い道がのびた先に、点のように見える家々が、その所在を教えてくれていた。

水田ばかりのこの辺は、家の後にだけ僅かの畑を持っているのだった。今歩いている道の両側は細いえんまが這っていて、からからに乾いた水車が、ところどころに置かれているだけで、あとは見渡す限りの青海原である。

稲は実をつけていてもまだ頭を垂れていない。蛙が根をかきわけていくのか、さわさわと風もないのに揺れていた。近いように見えても歩いていると、果てしなく長い道だった。炎

天下の道は、ただ黄色くけぶって、和子母子の短すぎる影が染みとなって動いていくだけだった。過ぎた村が怨めしかった。返事をしてくれないのでは、それ以上の発展はない。冬瓜を手に入れようとしてもその交渉さえ拒まれているのだから。

口をきいたら、その分だけ疲れるとでもいうように、和子も母も押し黙って歩いた。

漸く二つ目の村に入って何軒目かに、人の姿を露わに見せて、声を出してくれた老女がいた。

「なんでえ。お前さまたち冬瓜が欲しかっただかよ。この村は作ってないだわ。前の村さにあったつうに、遠い道のりばここさまできてしまってえ。戻った方がようがすべ」

老女は戻れとこともなげにいうが、何と遠い道のりであったことか。

和子は、草履の緒ですれた足の指に唾をつけ、日陰になっている地面に、片方だけそっと跣になってみた。ほてった足の裏がひんやり心地よく、両足とも草履をぬいで土の上に並べた。

「どこから来なさっただか、向う岸からだっぺえ」

老女が母に話かけていた。

「変な奴らが村に入ったって言ってくるだべよ。はあ。気味悪かっただよ。それがどうだ。さかしげなおなごでねえかよ。冬瓜なら冬瓜と早く言うだな。米の飯くんろって哀れな声だしたあとで、眼え盗んでそこらにある食い物だば、かっさらっていった東京のたいがいたもんだで、お前さんらもそう見られたんだっぺえ」

「……」

「んだば、葬いに使う冬瓜のために、お前さんらば、使いに出さなくともよかったっぺえに、向う岸のやんらのすっことは、むごすぎらなあ」

「いいえ、いつもお世話になっているもんで勝手に私が出てきたんですよ」

恐縮して答えている母の額は、ふき出た汗が玉になっていた。

「そこに井戸があっからよ。ひやっこい水で顔でもぬぐってらっせい」

老女はくの字になった腰の上に手をのせて片手は井戸を指し示す。和子の母は丁寧に頭を下げて井戸端へ行く。

母はからからと音をさせてつるべをくった。ぼちゃっと音がしてひんやりした空気が上って来て、その水の匂いに躰が包みこまれた。思わず井戸に手をかけて覗いた和子は、底知れない深い穴にぞっとたじろいだ。その暗い穴の中から、するするとたぐられてきたものが揺らいで暗く光った。井戸のふちに上げられたそれは、急に贅沢に燦めきながら、あふれ噴き出して散った。和子の腕に、足に、水しぶきが跳ねて踊った。思わず掌で受けていた。滝のように流れて骨の髄まで冷やしていく。

「ワァッ。つめたい。おかあちゃんつめたいよう」

「ほらほら、よばれなさい。飲んでごらん」

母の眼が細くなっているのを、仰ぎながら掌に口を寄せて、顔中を濡らしながら思いっきり咽を鳴らした。ぎらぎら光った太陽の滴を集めたかのように燦めいていて、それでいて、この世のどんなものよりも冷たい水。

ひとしきり戯れたあとで、今度は和子が背のびをして、桶を支え持ち、母に滝を作ってやる。ざっざあ。ざっざあ。その中で母は安らぎ、かぼそい首から出たしなびた顔を贅沢に濡らす。

全身が急に張り、しゃんとしていく母。

木で作られた足元の流しは流れる水で丹念に磨かれたと見え、木の節がつるつるになってむき出されていた。

老女に何度も頭を下げてその家の門を出たときは、生き返ったように足がはずんでいた。

「おかあちゃん。今の家はお大尽なんでしょう。井戸もあるし、井戸の上にも屋根あって、お宮さんみたいだったわ」

「この村は川から遠いから、川まで水汲みに行けないでしょう。だから井戸が掘ってあるんでしょうねえ。それにしても、ほんとうにおいしい水だったわ。あんなおいしい水おかあちゃん生まれて初めて飲んだわ」

母は、来た道を戻るでもなく足を早めている。この村を通り越して次の村への道である。姿のない眼は変わらず続いたが、慣らされてしまったのか、理由が判ったからなのか気にならなくなった。

その二つ目の村を出はずれ、ひたすら歩いた。地上からすべての人が消えてしまい、たった二人だけしか、この世に生きていないかのような錯覚に陥り、次第におぼつかなげになって歩いていた。昼に近い太陽の下は、かげろうが音もなく地面を、稲の上を、這いずりまわっている。和子母子の濃い影も這っている。そのほかは何一つ動いていなかった。

物音一つしない地球の上にちょこんと乗せられた三つ目の村に、漸く和子母子は侵入した。人が居るのか居ないのか、猫が寝そべってうさん臭げにこちらをみる。その傍を、茶色に光った鶏が、赤く爛れたとさかを重たげに垂らして、コッコッと餌を探しながら歩いている。猫も鶏も和子母子を完全に無視だ。疎開者はどこまでも軽くあしらわれた恰好である。二、三の家をやり過し、母は勇気をふるい起こしたように空を見上げてから入っていく。少し崩れかけた屋根。今まで歩いて見てきた中で一番貧しそうな家だった。鶏頭の花がぼってりと赤く突ったたち、行列を作って迎えてくれた。

「おやらい。ようく冬瓜のあるおらがの家がわかっただね。このあたりで冬瓜つくってるのは、おらがとこだけだによ」

　丸い顔に厚い唇の、人の好さそうな女は、何の用心もなく庭先に出てきて、明るい声を放った。

　和子は、女の出てきた真暗な穴倉のような土間に吸い寄せられた。じっと眼をこらして見た。周囲があんまりぎらぎらと明るすぎるせいか、たぎっているせいか、女の出てきたそこは、しいんと冷たく暗く見えた。

　崩れかかった藁葺に見えた家も、近くに来てみると、それはどっしりと重厚さをもって迫ってくる格式があった。軒先はすべて藁の厚みでできていた。茶色くなった藁の切り揃えたあとが、ぎっしりつまって、一米近くもある巾を作っていた。深く垂れ下がった庇を持つ家は、外の光を受け入れないかのようだ。藁のもつ柔かな芳香もそれを助けている。柔かな匂いで作られた透明なしっとりした部厚いカーテンが軒下に垂れ下がっているのかも知れない。しんと静まった中の暗さはそのせいだ。

　和子は、その暗さの中に、ぼうっと薄青く光るものを見た。二つか三つ、人の頭よりふたまわり位大きいものが土間に転がっている。たしかに薄青く光っている。そこだけが、ぼんぼりでもついているかのようだ。その薄青いまあるい一つを、

「おうらっよっ」

というかけ声が持ちあげた。

「このぐらいの大きいのだば、一つでいかっぺえ。ほかにも頼まれてよう。とっといてやんねばなんねえからよ」

茶っこいざらざら皮の手袋でも穿めたような女の手の中に、薄青く光ったものは、明るい場に曝らされて光を失い、そのかわりのように白い粉をふいてどっしり抱えられていた。腹を突き出す恰好で、女は、冬瓜を支え叩いてみせた。

それは西瓜のようにまんまるくなく四角っぽくまるかった。

薄緑の透けるような肌をした冬瓜は太陽の下で恥ずかしそうに白い粉をふくばかりだった。図体ばかり大きくても気が弱そうに見えた。

母は女にくどくどと礼を言い代金を払ったあと、木口の手下げから新聞紙にくるんだものを出した。乾いた紙の音の中から赤い靴を出し、母はそれを女に手渡していた。それは和子が疎開してくるときに穿いてきた皮の靴である。ピカピカに磨かれて陽の光を跳ねかえしている。

「代金はもうちゃんともらったぺえよ。じょうやのものだに、とっときなせえ。そんなことしなくてもいいだよ」

そのとき、四角い穴倉の土間から、男の子とも女の子ともわかちがたい下ばきだけの姿が半分だけ見えた。と思ったら、消えていた。

「おっかあ。おら、欲しいッ。もらってくんろッ」

おずおずと、しかし叫ぶような声が外の光めがけて暗い穴倉から飛び出してきた。

「ふんとに、うちのがきらは、礼儀もわきまえないだよう。堪忍してくんろ」

女は、馬鹿っ丁寧に頭を下げて見送ってくれた。ほどなく追いかけてきた女は、大豆の小袋を母に押しつけて戻っていった。

和子は押し黙ってすたすたと歩いた。

荒縄でくくった冬瓜を抱きかかえている母は歩きにくそうだ。

「カコちゃん、怒ってるの。あんたの靴をあげてしまったから」

母が追い縋って言った。

「ううん。ちがう。怒ってなんかいない。どうせきつかったもん」

和子は立ちどまるでもなく、そう答えた。

それきり、和子は口もきかず、母も物思いに沈んだように歩いていた。

冬瓜を手に入れた村を出ると、黄色の道がけむったようにやたら長く延びていた。

和子の頭の中で、何かが渦を巻き始めた。井戸を覗き見てしまった時、その何かを暗い淵の中に見た気がする。それとも、四角で暗い穴倉の中に、薄青く光っていたまあるいものを見てしまったからだろうか。何か焦点がぼやけているのに、そのままにはしておけない、どうにもならない怖さのようなものが、心の奥の方だかにたしかにある。もともとあったのではなく急に生れたみたいになじめないぶよぶよしたものとして感じられる。

外からやってきたのではなく自分の内部からやってきたらしいそれを、和子はもてあましながら歩いた。母と歩いていることなど忘れた。独りぼっち、たった独りでとぼとぼと歩き続けた。

和子の眼の高さと同じ位置に、母の抱えた冬瓜が並んだ。その冬瓜を眼にした途端、まるで初めてみたかのように、愕き、うっと咽の奥の方で声が出そうになった。慌ててそれをのみこむ。

手が勝手にあがいて空を掻く。何かがある。その何かをさぐり当てなければと思っていたのかも知れない、が、いざそれが見つかってみると、あまりの怖さに触れてしまっての慌てようだ。思わず手をのばして、ぐにゃりと掴んでしまったものをふりほどき、そこから逃げたい一心になる。

ある情景がもう拭えないものとなって、くっきり現れてしまった。

それは一週間前のできごとだ。

空襲警報も警戒警報も鳴らぬまま、音もなく、それらはこののどかな水郷地方に突如落ちてきて、戦火の怖さを味わったことのない村人たちの度肝を抜いたのだった。

川向うの畠の中に落下傘が落ちたぞ。という騒ぎでごった返した。

Ｂ29が三里ほど離れた田圃の中に墜落したという情報も入った。

村中が興奮のるつぼと化し、そのあと急に、村がしいんとしてしまった。村のおっかあもがきらも、じいさも、ばあさも、村から消えてしまった。

気がついた時、和子は村の人々と川を渡って来て、よそ村の土手の上に居た。

一番のりに舟を漕いで川向うに行った幸兵のおっかあは、いつものお人好しをフルに発揮して、舟のないうちの者や、じいさ、ばあさを運ぶために川を往復していたのだ。何回目かの時、ひっそりした村を背に、ポツンと呆けたように立っている和子母子に気がついて、舟に乗れという。

二人はわけもわからず自動的に舟に乗っていた。

一体何が起きたのかまるでわからない不安の中に和子は引きずりこまれながら、あまりに青い空が気になった。雲一つない快晴の空を和子は見上げて舟に揺られていた。

ぎいっぎいっという艪の音をさせて舟を漕ぐ間も、幸兵のおっかあは唾を飛ばしながら懸命にまくしたてていた。皆より先に見てきたことを陽に焼けた額に汗しながら語るのだった。

汗の滴が陽に輝いて生き生きしていた。

白っぽい葉裏に斑点をちらした真菰が青々と川と土手との境いを彩っている。今、渡ってきたばかりの横利根川が和子の足もとを朗々とゆったりと流れていた。時折さざなみを光らせては見せるものの、穏やかそのものの川の流れは空の紺碧と調和して平和そのものだった。

今まで、これだけ大勢の人々が、みな息を潜めて、ただそれらの展示物を見つめていたとでもいうのだろうか。川と畠と田圃。その中にぽつぽつといる人影しか見たことのなかった和子は、疎開して始めて、人の大勢集まるのを目撃して呼吸のとまるほど驚いた。房の死のときも、村の葬いのときも人の数が数えられたのに……。

その時、人間とも動物とも判ちがたい呻きが、地の底から這うように、かすかに皆の耳に届いた。息をのみ一呼吸おいたあと、突如、どよめきざわめきが人々の間から立ち昇り、人々の輪が縮まった。

早生の玉蜀黍を取り尽くしてしまったあとの、その切株と黒土を見せた畑。そこにふわっと置かれた白い雲。一筋の雲が空から切りとられ、放り投げられた姿で横たわっている。その先にその呻きがあった。白い雲と一緒にこの地上に降り立ったのはよいが、今まで気を失っていたのだろうか。

赤ちゃんが着る薄緑色のコンビネーションを着て、それは大の字になって横たわっていた。

日焼けした茶色の顔ばかり見慣れた和子には、白い雲の先にくっついている薄緑の人の姿は、やや距離が遠いせいもあってか、ピンク色をしたキューピー人形のあのぷくぷくした肌を思わせた。見えもしないのに、五本の指をぱっちり開いている、と、和子は確信するのだった。

生きて息をしていると知るや、人々は初めは怖る怖るそして次には何かに背を押された勢いで皆近づいていった。地の底から蟻が這い出してきたように、いつの間にか、密集した垣根ができていた。

和子は、人々の輪から取り残され、ぽつんと立っている自分を発見する。うそ寒い空気が足元から立ちのぼり和子の周りを包んでいる。炎天の空の下で汗が肌を伝わっているのに、皮膚や肉の内側にある骨が凍っていく感覚を味わう。

母の姿も幸兵のおっかあも、もう見つけることはできない。あの輪に入ってしまったのだ。

気がつくと通ったこともない土手を歩いていた。和子の掌は両耳をしっかり抑えている。向う岸から眺めていただけの土手の上を、今、自分は歩いているらしい。

鍬や鎌、万能を持った茶色の顔の人々が、男も女も、老いも若きも皆一様に殺気立ってあの雲から降りてきた薄緑の人に近づいて行ったのを和子は見てしまった。

生きて息をしていると知った途端、一体、何が起こったというのだろう。あの熱気は……。ギラギラ照りつける太陽以上のものが、この地上にたぎっていた。鬼畜米英だ。犬畜生だ。

おとうの仇だ。茶色の鬼のつらをした者どもが、喚き、叫び、泣きながら押し合いへし合いしている輪。そのときの喚声が耳底深くに入りこみ、まだ出ていかない。耳底に溜まったまま和子を脅やかしている。和子の足はどこへ行くつもりか、追われるもののように馳けている。

向う岸のやんらも、こっち岸の衆も、今、同じ目的に結ばれて野獣になって、アメリカ兵という獲物にたかっている。はむかうこともしないで、おとなしく脅えきっているだけのキューピーが手も足ももぎとられ、ピンクの肉片になってしまって、また空へ戻っていけるのだろうか。

耳を覆っていた手が顔を覆っている。その掌の中を涙がしたたり落ち、声を放って泣く自分の声が、掌の中をくぐもっては外に放り出されていた。誰かにこっぴどくいじめられたときの口惜しさのようでもあり、見てはならぬものをみた怖さと、気味悪さで、泣きじゃくりながら和子は目的もないのに、急ぎ足で歩いていた。

「向う岸のやんらはよ。人並でないだぞ。この渡し越えねば町へも出られねえというによ。えばりくさってる衆ばかりの集まりだで」

といつか教えられた向岸のやんらや衆が歩く土手を、和子はたった独りで、真っ昼間からほうけのようになって涙を放り散らしながら歩いていた。

「鬼畜米英はけだものであんめえよ。幸兵のおっかあチグぬいたな」

嘘をついた、角一つ生えていなかったじゃないか、と、和子の口から思わず、そんな言葉がしゃくりあげた間から飛び出していた。

「東京っぺ」「東京っぺ」と気取っていると囃されているうちに、口の重くなってしまった和子の口から、独りのときだけこの地方の言葉がなめらかに流れ出る。

どのくらいの時が経ったのか、和子は自分の村の方を見ながら、渡し場に独りぽつねんとしゃがみこんでいた。

渡し守のじいさまの舟が近寄ってきた。和子をみて黙って頷いたのにつられて和子は舟の上の人になる。

一人息子は兵隊にとられたのだという。戦死したのはずいぶん前だという。そのときあとを追うように肺病だった妻が川に入って死んだ。そのショックからか、じいさまは耳がきこえなくなったと村の人からきいていた和子は、このじいさまも万能をもってあの輪の中に入って行ったろうか、とふと思ったが、静かに目を閉じて舟を進めている姿を見ていると、じいさまはその輪のことも知らなかったのではないかと思われた。

その夕方、自分の村の川岸に立って、和子は川向うの土手を見つめていた。なぜともなく、あかい靴、はあいてたあ、女の子う——と虚ろな声が唇から洩れていた。

異人さんに連れられて、行っちゃったぁ——と口にしたとき、切りとった白い雲が眼の前で渦をまきはじめた。そして、下へとすぼまる円錐形になった。薄緑の服を着て立つ女の子がその中にまっさかさまになって落ちていった。和子は眼をこすってみた。たしかに今漏斗状に渦をまいた雲が通ったと思った。この眼がたしかに見た。通りすぎるとき少しかげってひんやりした空気になったのを感じたのだから。

今までの自分自身はもうどこにもいないのだ、と和子は悟らされた気がした。

向う岸の土手は緑の毛皮をまとった大蛇に見えた。うねってゆったり横たわっていた。土手の草々が風になびくたびに葉裏をみせ、縞目をつくる。大蛇は生きている。そのまた向うに焼け落ちていく夕陽があった。いつもの見慣れた夕陽と今日はちがう。歪んでいるし、傾きながら揺れている。どす黒い赤さだ。何かしら今日のことを憤っている……と和子は畏れたじろぐ思いで沈んでいく夕陽から眼を離せなかった。

気がつくと二た田圃を越していた。すでに二つ目の村を通り抜け、最初の村に戻っていた。和子も母も、それぞれの思いに沈んだまま、ただひたすら歩き続けてきたらしい。ひきずって歩く二人の足は、汗や埃にまみれ膝のあたりまで薄汚れた波紋が描かれていた。顔や口の中が、自分たちが歩くことで作りあげた埃のためざらつき、眼のふちは隈になっていた。

何度か、えんまの生温い水をすくって飲んだのを覚えていたが、咽はざらついて渇ききっていた。

冬瓜をくくっていた荒縄は、いつの間にか何本かの手拭で結び合わせたものに変っていた。母はそれを首から下げ胸にかたく抱いていた。薄緑の冬瓜は妙にとりすましてみえる。冬瓜は、あのアメリカ兵の変身したものにちがいない。和子は逃げ出さずじっと見つめた。

母の優しさが、少年のようだったというアメリカ兵を暖かい胸に包みこみ抱きしめている。まるで英霊を抱えているように。母の薄汚れた汗まじりの顔を仰ぎみた和子は、おらあ、かあちゃん大好きだと一人胸の中で言っていた。

人の呻くような啜り泣くような声が、どこからともなくきこえてきて、思わず二人は足をとめた。村のばあさたちが唱える御詠歌のようでもあり、念仏のようでもあるのに、それはばあさたちの声ではなく子供の声だった。

往きに通ったときは、人の姿もまるでなかったこの村の通り路に、今はその姿を隠そうともせず高等小学生くらいから国民学校に通っていると思える子供が四・五人固まって、槇塀を背にしているのである。気持ちが沈んでいくような何ともいえぬ響きは、そこから流れてきていた。

うつむき加減の子供たちの眼だけが動いて、和子たちを見つめ見送った。その瞳は、虚ろすぎてただの穴のように見えた。そこに居るのは子供であって子供ではなく見えた。子供ではないのに、子供そのものにちがいなかった。

今まで、はっきり聴きとれなかった言葉が、通り過ぎたとき和子の背がききわけた。

おいらあ寿命なしい
親たちゃあ
あきらめろう

捨て鉢な哀愁が、くぐもった声に押し出されるように流れてきた。

和子が母を見上げたのと、母が和子を見たのと同時で、眼と眼が交差したが、ただそこに訝し気な不安が重なっただけだった。

二人の背から、その単調な調べが消える頃、また前の方から同じ重苦しい哀しみを吐き出す調べが流れてくる。

陽に焼けた肌を露わにした下ばきだけの姿の子供たちが、まるで和子母子を迎えるかのようにに突っ立っている。黒い顔のせいか白く見える眼をみせて、四、五人が道に向って立っていた。黒い瞳は小さく小さくなっていて、ただの空洞にちがいない。

和子母子はわれにもなく子供たちをついじろじろ見てしまうが、子供たちの顔はこちらに向けていながら何も見ていない。口だけを微かに動かしていた。

おいらあ寿命なしい
親たちゃあ
あきらめろう

前の子供たちとはちがう子供のはずだが、それはまったく同じ調べで同じ口調だった。暗い穴の中へでも曳きずられていくような哀しい調べは、聴くものすべての気持ちを滅入らせ、樹木や空気までをしいんとさせ、そのあたりを支配した。

炎天のこの白昼に、何事があったというのだろう。往く時の冷たい眼の放射よりも、はるかに救われないもの、参るものがあった。

曳きずりこむような調べが消える頃、また同じ調べが待っていた。上半身裸が男の子で、袖をちょん切った膝までの黒っぽい着物をまとっているのが女の子だと判ってきた。四、五人、また五、六人という群で、ある距離をおいて同じように突っ立っている。みな跣だった。影が一様に薄く、どこまでも虚ろで、ただ、子供の形をしているだけに思えた。

何度かそれを操り返して、漸くその村を出はずれたとき、大人の影を一つも見なかったことに気がつく。妙な具合にぐったり疲れているのに、どこまでも緊張した何かがあった。何かあったのだろうと口に出したいのに、口に出すことを怖れさせる何かがあった。

母はしっかりと冬瓜を抱いたままだった。

渡し場には、渡し守りのじいさまが舟を寄せて待っていた。まるで和子母子の帰ってくるのを知っていたかのように。

じいさまは黙って竿をあやつり、岸を離れると艪に替えてぎいっぎいっと舟を進めた。右に左に揺られながら、じいさまは静かに二人を見おろしていた。舟の前の方をぴたぴた波が叩く。それに背を向けて和子と母は舟の中に敷かれた莚の上に坐っていた。じいさまは耳が遠い。母が今通った村の不思議を訴えたりすることは叶わなかった。が、じいさまの静かで包みこむ優しさと深い皺のある顔を見上げていると、いつの間にか安らいだ気持になっていた。川面を渡ってくる冷えた風も二人を和ませた。

川っぷちに乗りあげるように舟が着くと、いつも賑やかな幸兵のおっかあが、足音もなく寄ってきた。常に元気ではち切れそうなおっかあの顔は、二たまわりぐらいしぼんでげっそりと蒼黒く見えた。艶の失せた瞼が重く垂れ、大きなぎょろ眼はいつもの半分になっていた。おっかあは声までしぼんでしまったのか潜めた声で母に耳打ちした。何かに脅えるように早口で語り始めた。

「戦争が終っただとう。負けただとう。天皇様がラジオにおでましになってよう、泣いてそう言っただとう」

「……」

「何も知らないで歩いていただかよう。そんなでっかい冬瓜ば抱いて」

今歩いてきた異様な光景は、そういうことだったのか。わかったようなわからないものに押し潰されていく感覚に眼がくらむ。血の気のまるで失せた母は冬瓜に縋りつきへたへたと土の上にうずくまってしまった。

幸兵のおっかあは、どうでも話してしまわねば気が済まないのか、

「村には、ラジオが一つしかあんめえよう。おらあ、はあ、ラジオはあんまりきいたことないだに、何もわかんなかっただども、そういうことだとお」

ひそひそめいた声は、誰かにきかれるのを怖れるのか、ますます小さくなっていく。

「一週間前に殺ってしまった、がきみてえなアメリカ兵のことが、おらあ急に怖くなっただよう。おらあ、おらあ、どうしたらいいだんべえ」

冬瓜に縋りついてうずくまる母の細い肩に、がっちりしたおっかあが縋りつくのだった。潜めたおっかあの声は、母の背に向って押しこめていくように囁き続けている。

「竹槍で差しちがえて自決するほかないだと。ここは鹿島に近いべさ。米兵が上陸してきて、どっちにしろ殺されてしまうべ」

「……」

「いんや、村長が白い薬ば配給してくれっから、それを飲むだと……。がきらから先に飲ませろとよ」

「……」

「がきらば、山ん中さかくまえっていうだども、ここらには、はあ。山もあんめえよ。見渡す限りの田圃だべよう。がきらにむごいことやれっかあ、はあ」

地を這うように潜めくぐもった声だったが、それらは泡立った鍋から噴きこぼれているように村中を這い廻り浸している。

母の姿は、とりつくしまもない。和子は何かおどろおどろしたものに身も心もぎゅうと握られていく思いになっていた。薄緑の気体が立ちのぼり和子を包みこんでいく。和子はただ茫然と立ち尽くしていた。

雪景色

ストーブの上で小豆の煮たつ音がしている。部屋の中のあたたかさで窓がすっかり白くなっていた。正子は掌で窓の硝子をまるく撫でた。思わず、幻想の世界……と呟いて硝子に顔を近づける。高一になる深志を送り出したとき、雪よ、ほら、とひとひらふたひらと落ちてくる雪を掌に受けてから、まだいくらもたっていない。が、もう外は白一色だ。

粉雪の乱れ舞うのを透かして雪を頭にのせたサムと眼が合う。サムは犬小屋から頭を出して雪の舞い降りてくるのを眺めていたらしい。小屋の赤い屋根も綿帽子をのせている。雪は地上におりてくるのか、おりてくるのを忘れて空中で遊んでいるのか、心もとないようでいてすさまじく群れ舞うさまに正子は吸い寄せられる。今自分はどこにいるのか、何ものなのかといった不確かな思いになっていく。人、けもの、鳥、虫、木、草、それらのどれでもなくそれらのすべてでもあるような中に、正子は漂う。それでいて兄の武が病院のベッドに横たわっている姿がしっかり捉えられている。その武の存在にだけ思いが向いていた。命を限られてしまった武なのだ。武自身からなのか、いや武を通り越したもっと遠くからのものに、正子は何やら問われている。問われているのに答えることができない。何しろこんなにはかない中にいるのだから。あがいているのか安らいでしまっているのか自分でもわからない。

あいまいすぎる不安。

サムのうるんだ瞳が正子の顔の上にとどまったままなのに漸く気がついた。正子は我に返った。雪に心を奪われていたかも知れないサムの邪魔をしていたのか、と正子は身を引く思いになる。サムの視線をまともに受けると、正子はうろたえる。軀の芯の部分に触れられた痛みとでもいうのか、しばらく立ち直れない気分に沈む。餌をやったり、近くで洗濯物を干したりの合間に声をかけたりで眼が合うときとは別なのだ。じいっと視られているときの例で落ちつかなくなり、サムと重なっていた視線を正子の方からはずす。そらしたまま雪景色を眺めているのもためらわれ、正子はまるい額縁から離れた。サムの視線の届く範囲にいられない。

どういうわけなのか知らぬが、正子はサムのように犬ではない人間として生れてきただけなのだ、と思えてならない。ふとしたはずみで正子がサムであり、サムが正子であったかも知れない。深志もサムについて妙なことを言ったことがある。サムに見られていると何となく困っちゃって、恥かしくなるというのかなあ、何もかも見抜かれてしまうような眼でしょ、サムって。哲人みたいな思慮深さだよ、あの眼は。

部屋の中に小豆の煮える匂いが立ちこめ、空気が小豆色に染められた。硝子に描かれたまるい窓はまた白く閉ざされた。正子の掌はもう硝子に伸びることもなく、炬燵の上の毛糸玉を転がすことに余念がない。

歩く練習をしてみましょう。武を見舞った正子に医師が言った。限られた寿命ながら、力をつけさせようとしている医師の言葉が嬉しかった。そのときスリッパでなく子供たちが学校で穿く上ばきを武に穿かせよう。いや、人が生れて這い出し、そして歩き始めるときに一番先に穿く軽いフェルトの靴にしよう、小さく軽い靴が眼に浮かび、指先でその靴をつまむ思いになる。デパートにでもいけば部屋穿き用のそれに近いものが売っているだろうが、武のは大人用でもなく子供用を選ぶのが忍びない。毛糸で編もう。武の足に合わせて底に厚めのフェルトを当てよう。そんな思いで病院を出て駅に向っていたら、店先に毛糸が並んでいた。ふんわりした毛糸の群の中に、春早くに芽を出すぎぼしに似た薄緑があった。思わず数多く並んだ中から手にとっていた。いつもの正子なら汚れの目立たない色合いを選ぶだろう。実用的なものへ思いがいく習性なのだ。が、この、冬を耐えてきた色のやさしさにひかれた。武の二十糎の足はこの色で包もう。

その日の武は、足が痛いと訴えた。武のことだ、だるいということだろうと膝から下をさすった。正子の手が足首から先に伸びたとき、あまりの冷たさに思わず手を引いた。冷たさだけだったらそっと掛布団をはいで武の足を見はしなかったが、霧を吹きかけたようなじっとり濡れた感触に、この世のものではないものを感じたのかも知れない。病室の中は暖房がきいて正子は坐っているだけで汗ばんだが、武の足は汗ばんでのことではない。武の足は皮膚の中の方で燐が燃えているかと思える青白色の微光を放っていた。透き通るような足、その皮膚の上を骨の涙か小さな青い水滴が一面にふき出していた。この足が五十年以上を生きてきた。そう思いながら正子は武の足をさすったのだ。その冷たさの感触を正子の掌はまだ覚えている。

いま正子は編み針を動かし毛糸のぬくもりを指先に触れている。このぬくもりで武の足を包んでやりたい。正子はこの毛糸の色に希望をつなげる。知恵遅れとはいえ、かろうじてでも自分で用を足してきた武だ。手術後寝たきりで歩くのを忘れてしまったかも知れない足だが、痩せたにしろその軀を支えてふたたび歩き始めようとするのだ。せめて足元は、萌え出たあと大きな葉になってみせるぎぼしの芽の色にくるまれた方がよい。

ぎぼしの生命力に正子が打たれたのは七年ほど前になる。その名を知ったのは離婚して最初に住んだ家に小さな庭があってのことだ。隅に一抱えもある石が転がっていた。枯れたまま地面にこびりついている雑草を取り除いていた正子の眼に入った白っぽいもの。

石の下から首を出したつんと尖った柔かい芽。淡い緑が重い石の下から這い出ている。健気な姿に思わず石を動かしていた。出るに出られなかった芽たちが、いくつも石を除いた湿った土の上に仄見えた。閉ざされていた土が匂いたち、芽ともいえない芽たちが思いなしか身顫いをした。翌日には二糎から五糎に伸び、筍状の芽になってつんつんと並んでいた。次の日には花びらのような大きな葉を広げた。大きな葉を巻きこんでいたから筍のように尖っていたのか。ほかの雑草たちに先がけて萌え出た淡い緑は、静かに華やいで新鮮そのものだった。一枚一枚の葉が生きている証をしている。大きな石を頭の上にのせてもめげなかったぎぼしの逞しさが、その頃の正子を支えた。

小豆をつまんでみるとほっこり柔かくなっていた。甘いものを好む武だ。たっぷり砂糖を入れる。さいわい食べものに制限がない。食欲もある。正子は編針を動かしながら、武の満足したときのふむふむと頷く顔を思い浮かべる。

――よくこんなに柔かく煮えたね。

ふわっと笑みを浮かべながら言うだろう。

武に奇跡が起きるかも知れない。癌を抱えこんだまま生きながらえたという話を聞いたこともある。武は幼児期に医師に見放され、何度となく死を宣告されながら、それを越えた経験の持主だ。武のような人間だけが備えている治癒能力があるかも知れない。

今の武はベッドの上でただ静かに横たわっているだけだ。武は何も言わないし、何も問わない。あの素直さはいったい何なのだ。母のさわや姉の昭子は、まるで忘れてしまったように訪れない。武が触れないなら、正子も触れまい。かあさんやねえちゃんはどうしているだろうな、とでも口にしたら、タアちゃんがね、と言って二人のところに電話ができるのに。

あの二人から武も正子も見棄てられてしまった……ふとそんな感情のゆさぶりがくる。


人の眼を避けるようにして正子が実家に足を運んでから二ヵ月以上になる。

板塀の裏木戸を押した。いつの間にか隣との境界ができていた。ブロック塀が眼の前に立ちふさがっている。境界ともいえない低い生垣だったとき、隣の縁先がまる見えで必ず近所の人が茶のみ話をしていたものだ。眼を合わせなくて済むのはよいとほっとしながら、巨大なものから拒絶された気がした。

すりガラスの玄関の戸を引くと、異様な臭いが正子の鼻をついた。古い家の中は妙な悪臭に浸蝕されている。その臭いの中で娘が来たのにも気がつかないのか、さわが腰を曲げて動いていた。武は炬燵のそばに転がっている。くの字になって尻を出していた。

――あまりおもらしがひどいからぼろを当てとくんだけど、それでもこうして汚してしまって。

ほら、とさわは五十二歳になる息子の尻をもちあげた。挨拶ぬきのさわの最初の言葉だ。布を当てがいパンツを引きあげた。尻は削ぎとったように肉がない。枯木の瘤だ。正子は息をのむ。武は小さい軀ながら、肉づきがよかったはずだ。
正子が電話すると、ああ、なんとかやってるよ、タアちゃんもわたしも元気元気、という
いつもの返事ではなく、
——やっぱり人並でないせいかね、武はすっかり赤ちゃんがえりしてしまったよ。便所に
行くのが間に合わないでね、いくらパンツがあっても足りない。
正子はそれをきくなり飛んできたのだ。
夏休みには深志が野球好きの武を後楽園へ連れて行っている。そのとき何だか爺むさく見
えて、武みたいな人間は急速に年をとるのか、と思ったものだが、まさか病にむしばまれて
いるとは思いもしなかった。
股の間のあちこちに渋茶色のものがこびりついている。臭いの根源だ。こびりついたもの
は層をなして皺を作っていた。みてごらんよ、とさわが指をさす。パンツをまるめたものが
七、八個転がっている。茶褐色に干からびたボール。
——この子のやることといったら、いくらバカでも少しは恥かしさを知っているのかね。

汚れたパンツを隠してたんだよ。さっき見つけてさ。

敷居にも廊下にも似た色のもので模様が描かれていた。

——わたしは鼻がバカだから、こうしてお前の面倒もみられるけど。

武に向けて言ったあと、

——年をとると鼻はバカになるわ、眼は見えなくなるわで、この次はどこがバカになるのやら。

さわはここ何年か言い続けてきたことを念仏のように呟やいてみせる。武は横着になって風呂にも入りたがらないと言う。

——きのうから急に歩けないなんて言い出してさ、甘えるのもいい加減にしろって言ったってききやしない。食べものも急に食べなくなってね。何を考えているのやら、くず湯がほしいって言うから作れば、一口もすすらない。ああ、もう呆れた呆れた。

さわは武が贅沢になったと嘆く。膝まで下げられていた縦に赤線の入った黒いトレパンを、正子も手を貸して穿かせ終る。今にもポキッと折れそうな細い足。炬燵に深々とトレパンに包まれた足を押しこむ。さわは武を病人扱いしていないし、武も自分が病んでいると思っていない。武はげっそり痩せ、黒い隈どりの中の眼は異様なぎょろつき方をしている。死相が現れているとはこのような顔をいうのだろう。それでも朝はきちんと床を離れ身仕度をしているらしい。どこにも夜具が敷かれていない。律義に習慣通りのことをしている二人の様子が見えてくる。さわに怒鳴られ、そのさわの顔色を窺いながら動く武の毎日。いたたまれない臭気に身を包まれたなり、正子は呆然と立ちつくしたままだった。七十五歳になるさわに何を言えよう。精薄の息子と二人だけにしておいたせいなのだ。

——タアちゃん、うちへ行こう。深志も待っているよ。私がずっとここにいるわけにもいかないでしょ、パーマ屋の店があるものね。

正子は幼な子に言い含めるように武の眼を見ながら言った。眼ばかりぎょろつかせていたおびえの影がすっと消え、ふわっと笑って頷いた。はしゃいだときのいつもの調子づいた疳高い声は出てこなかった。

暗くなるのを待ってタクシーを頼んだ。二時間近くも車に揺られてきたので、武もさわもよく眠った。二人の寝息をききながら、正子は眠れなかった。あの町からの脱出はこれで二回目だ。結婚し深志を生んで、その深志の父親をおいて逃げた町だ。盛っていた店を捨てたところでもある。大きな顔をして歩ける町ではない。

武を何でここまで追いこんでしまったのか、憤りと哀しみが交互に押し寄せた。が、その憤りを誰にぶつけることもできない。妙な興奮状態のまま朝を迎えた。ともかく連れてきてしまったのだ。離婚の際の財産分与で、さわや武とは一緒に住まぬという条件つきで一戸建ての家を買い与えてくれた夫。家は深志のものだぞ、深志がお前についていくというから不自由させたくないだけだ。あの二人を引きとる真似だけはしてくれるな。深志の将来のためだ。

深志の父親に念を押されているのを正子は反古にしようとしている。武にもさわにも理解を示して、結婚当初は同居もした夫だが、自分たちの結婚がうまくいかなかったのはさわと武のせいだと思っている。あれから何年も経たのだから時効だ、と言いたいがそうもいくまい。

正子はいずれ武が残されるものとばかり思っていた。残された武を引きとることになるとは考えていた。その頃は深志も独り立ちしているだろう。こんなことでもなければ二人を引き取れなかったのだ。棄てておいているようで落ちつけなかった思いからはこれで解放されはするが……。

幼いときに長患いをしたきりで、それが原因で知恵遅れになったのだが、風邪ひとつ引かない武だったから、つい病気はしない人だと正子はたかをくくっていた。さわにしろその思いは強かったろう。武と毎日顔をつき合わせていてはその変化に気がつかないのかも知れない。正子はさわのぼけぶりも考慮に入れている。夫が女の元へ行ったきりになってしまってから、精薄の息子に向うだけが仕事なので、さわの中で何かが欠落し続けていたともいえる。

ゆうべのうちに姉の昭子に情況を知らせておいたから、早い時間にやってくるだろう。今は昭子を待つばかりだ。

朝風呂を沸かす。衰弱しすぎていることが気になったが、あちこち便をこびりつかせたまま診察を受けるわけにもいかない。

――オ・フ・ロに入ろうか。

武の耳に口を寄せてきく。武が囁くような声しか出さないので、つい正子も武に囁きかけてしまう。武は眼もとからさざ波を立てるような笑みを浮かべ、こくんと頷いた。武は風呂好きだ。武は風呂が沸く前から下着を抱えて風呂場の戸にもたれ、片膝を立てた坐り方をして待つ。昔からそうだった。上眼使いに昭子やさわが出入りするのを見ていた。武が最後なのは当然という空気があった。正子は反撥し、理屈っぽい変人と言われた。片膝を立てて番がくるのを待っている武より先に、正子は入る気になれず武のあとで風呂を使った。

武はもう自力で動けない。試験休みで家にいた深志が武の腰を抱え、正子が上半身を抱えて運ぶ。小さくて軽いはずの武が相当な重さだ。

――タアちゃんの大切なところはかあさんおねがいよ、ほかは私が洗うからね。

正子は武の性とまともに向き合いたくない。こびりつき、ひからびた便は湯の中でふやかしてからとる。湯の色が変っていく。どうしてここまで武を追いこんでしまったのか、さわを責めたい気持が頭をもたげたが、その怒りは頻繁に二人を訪れなかった自分に向けるしかない。

発掘された石の柩、その中に横たわった遺体、そこに湯を満たし甦りを祈っての作業をしている錯覚に陥っていく。骨の上に肉はなく、直接皮膚が骨にへばりついていて、骨の形そのものが正子の掌にじかに触れてくる。

タオルケットにすっぽり包まれた武は深志に抱かれて、いい気持と眼を細めた。深志は伯父を抱いているのではなく小さな弟を抱いているかに見える。

昭子から、都合で家を明けられないと言ってきた。大きな病院へ連れていこうか、近くの医院に往診してもらおうか、相談したい。私の一存で決められない、と正子は長女の昭子をたてていた。

――まかせるわよ、いいようにして。

電話は切れた。町医者より総合病院の方がいい、と深志と相談してきめた。

診察を受けながら正子は恥じ入って頭を下げ通した。風呂の湯を落したあと、水色の浴槽の底に、細かい土くれ状のものがびっしり貼りついていた。それがまだ眼先にちらついている。

ストレッチャーに乗せられ、二、三の検査室を廻ったあと、入院するつもりで来てますね、と言われ、慌ててその気になった。人並でない武のためには自宅で面倒をみてやった方がよかろうと思っていた。それでいて往診してもらっても、結局、入院ということになるだろうという予測もしていたのに、やはり慌てた形の受けとめ方になる。点滴が始まった。貧血がひどいので輸血もするという。多分大腸癌だ、軀の回復を待って手術しようと医師は言った。まだ若いのだから徹底的に治療しましょう。

武はベッドの上で気取ってすましこんでいる。鼻がことさら高くなり眼の縁の隈どりは黒縁の眼鏡になっている。小頭症の上ミイラ化してただならぬ雰囲気を漂わせた武。

こんなになるまで……と批難めいたことも口にせず、医師は武を丁寧に扱った。精薄だからと言葉使いを変えたりせず、武を励ます。武の生涯で今ほど尊重されたことはないのではないか。正子はしいんとした気持になり、家族を捨て女のもとへ走った父親の言葉をふと甦らせていた。

——武の寿命はあと二、三年だそうだ、占いにそう出たんだ。

あれから三十年以上になる。戦災で自営の工場を失ってから何もかも戦争のせいにした人は、武の寿命を口にして姿を消した。人から馬鹿にされ通したあげく、戦争中は無駄めし食いの非国民だと罵られた武が、非国民とだけは言われなくて済む世の中になったときだった。その父親を憎むことで、その時期をかろうじて切り抜けることができた残された家族。

疎開したまま居ついた土地で、さわの才覚が美容室を開いた。昭子が免許をとり、店主になった。正子も中学の卒業を待たず手伝わされた。どうにか暮しの見通しもついた頃、昭子は結婚して家を出た。あとを継ぐほかない正子は十八で店主だった。父親でさえ家を出ていったのよ、どうして長女だからって縛られなければいけないの、こんな家庭に絡まれて生きるのはごめんよ、あんたも適当にこの家を出た方がいい、と昭子は言い残した。よそ者の上に白痴のいる家として白眼視され、店の景気がよければ、若いのにすご腕だ、と噂された昭子だったから、飛び出していくのも不思議はない。正子は批難する気になれなかった。それでいていまいましい思いは拭われなかったものだ。

父親の言葉を甦らせたことで、正子はそれらのことまで思い出していた。

武は自分が生きたいようには生きていない。理不尽な波に弄ばれるままだった。

――この病気は長期戦です。原口さんは妻帯したことはないんですね、付添婦をつけた方がいいでしょう。これまで障害者として補助を受けないどころか、市民税も国民年金も払ってきたんですね。働いて収入を得たことがないんですから、医療保護を受けるといいでしょう。適用されます。

細やかな医師は経済のことまで心配してくれている。妻帯したこともない、とさらりと言った医師の言葉は正子の心を突きさした。ああ、この医師は武のような人間でも妻帯するのは当然と考えている。カルテの所見に小人症、精薄と書いているのだ。遠い日に自分が考えたことは誤っていなかったと言われた気がして、正子はある感動に襲われながらも、その実践をしそこなってしまった責めをも受けた思いになった。

武にだって縁があれば結婚させるべきだ、と正子は思い悩んだことがある。バカを言うんじゃないよ、一人でさえもてあましてるのに二人になってみな、誰が面倒みるんだね、さわに言われるまでもなくその通りなのだ。わかっているのにどうにも釈然としなかった。知恵の遅れた年頃の娘がいるときけば、正子はその家の周りをうろついた。武の隣に正子自身の手で作りあげた花嫁さんを並べ思い描いていた。好きでやった仕事ではない店を引きつぐしかなかった正子は、どうせ続けていくなら武に嫁さんをもらってやりたかった。婚礼仕度の仕事をするとき、これが武の嫁さん作りだったらとふと思ってしまうのだった。どっちにしろ、生涯武の面倒をみるなら一対として面倒みたい。客の中に母親に付き添われてきた知恵遅れの娘がいた。おとなしそうで美人だ。武は軀は小さいが整った顔をしている。決して見劣りしまい。ほっとしながら正子は常になく上気し、お嫁さんにください、私が面倒をみますから、と申込みの言葉を心の中でくり返し、どきどきしながらその娘の髪にパーマをかけていた。

――あんな恥かしい思いをしたことないわ。何よタアちゃんたら、鎌首もたげてキョロキョロ物欲しそうにしてさ、大部屋でしょ、身が竦んだわ。まるで飢えた狼よ。眼をぎらつかせちゃって昔とちっとも変っていないのに驚いた。ほんと、もういやだ。

武が病院に慣れるまでは、とはじめは付添婦をつけなかった。昭子にも交替を頼んだ。たった一回だったが付添ったあとの昭子からの電話だ。武の入院をきっかけに昭子は総領の立場を思い出してくれるだろう。武のために力を合わせられる日がきたと正子は思っていた。

――やだわ、ほんと。いろいろ忙しいのよ。私おりたいわ、おりるわ、関わりたくないから。年頃の娘が三人もいるのよ。

おりる、何を……ああ、一抜けた二抜けたのことか、子供の遊びじゃあるまいし、正子の頬は歪み、奇妙な笑いになった。昭子の電話は切れていた。

とりつくしまのない電話の切れ方から、昭子のさっさっと形よく歩いていく後姿が脳裏をよぎった。正子は立ちあがることも忘れたまま、昭子がどんどん小さくなっていくのを見送った光景をありあり思い出していた。

何年も就学猶予願いを出していた武が通学を始めたのは、正子が国民学校の二年になったときだった。校門を出たところで上級生の男子が大勢輪になって口汚なく罵っていた。正子は思わずその群に飛びこんだ。手に石ころが握られていた。真新しいランドセルが投げ出され、教科書が散乱している中で、二本棒の青っ洟をたらし大きな涙を流している武は、正子を見てにたにたと笑った。遠くに飛ばされていた靴を拾い武の足の裏をはたいた。半ズボンがずり落ち臍を出している。しゃがんだ正子の肩に武が片足あげてぴょんぴょんしながらっかまり立ちをする。そのとき正子の眼の端に校門から出てきた最上級生の昭子の姿が飛びこんだ。あっ、ねえちゃんだ、よかった、正子の眼からあたたかなものがあふれ、泣き声が出そうになった。懸命にこらえて武に靴をはかせ終ったとき、昭子の水色の靴下を穿いた足が、武と正子の前を立ちどまることもなく遠のいていった。

あの電話以来、昭子からは何の連絡もない。武のことで一つになれるなどと思ったことは簡単に押し戻されていた。

入院して二週間たっての手術日、手術中のランプの前で正子はぽつんと立っていた。昭子を待っていた。武の泣きべそをかいた顔、これ以上の淋しい表情を正子はかつて知らない。口だけはきつく結び、こくんと頷いて手術室に消えた武を、昭子も見なければいけなかったのだ。手術が終っても昭子は現れなかった。昭子を信じた甘さを正子は嗤った。

武といつも一緒でやってきたさわは、世話を焼く対象を病院にとられて、一種の虚脱感の中にいるようだった。医者なんて、なんていったってあてになんかなりはしない、武をあんなふうにしたままじゃないか、とうとう真人間にしてくれなかったのさ。いまさら、武を病院に入れてしまうなんてさ、間違ってる。大袈裟なんだよ。さわは正子に向って言っているのか独り言なのか、絶えずぶつぶつ言っていた。そのさわを手術室の前で待たせられない。家においてて出た。武の元気な頃、お前なんか死んでしまえばいいんだよ、と言うのが口癖だったさわだ。かあさんは死ね死ねってそれしか言えないのかよう、武は大つぶの涙をこぼして歯向っていたものだ。

骨盤にびっしりとりついた癌はとりきれず、少しでも苦しまないようにと人工肛門をつけられただけの手術に終った。ベッドに戻された武は高熱の中で小さな軀をさらに縮め大きく顫えていた。鼻に管をさしこまれ、その下の唇は絶えず何かを呟やき続けている。上唇と下唇が激しくぶつかり合っている中での必死さだ。念仏を知っているわけでもない武が、念仏を唱えているかのようだ。

よく耐えたね、えらかった、の言葉がくり返し正子の口から出る。点滴の針のささってい る武の腕を正子は抑えていた。抑えている手をゆるめると武の右手は鼻の管を抜きにかかる。相当な力を加えていなければならなかった。もう一方の腕は付添婦が抑えこんでいる。付添婦ではなく昭子でなければいけなかったのだ。正子はまだ拘っていた。昭子はやってこないときまったわけではない。今にきっとくる。

腕が自由にならない武は顔を腕にすり寄せる。ぶるぶる顫える力を利用して頭を自分の軀の中に突っこもうとしている武。その必死さは母の胎内に戻ろうとしているみたいだ。

——こっちの手ね、おちんちん掴んでる。

ぼそっと付添婦が言った。泣きべそかいた顔だった。どうにもならないといった淋しい顔だ。どこかでみた顔と思った瞬間、付添婦の顔は手術室に入る前の武の顔と重なった。

——一度は元気にして家へ帰します。食べたいものを食べ、行きたいところに行かせてあげてください。つらくなったらまた戻ってきてもらうしかないが、苦しい思いはさせないようにしましょう。

手術後の医師の言葉だ。武はもう長く生きられない。とうとう昭子は現れなかった。

家に帰ると、留守居をしていたさわは待ち兼ねていたのかせわしなく話し始める。昭子から電話があったという。わたしと同じで昭子も病院のあの感じが好きでないんだってさ。医者なんてすぐ手術したがるし武が可哀そうすぎる。バカだと思ってモルモットにされちゃって。さわは涙ぐむ。

さわは正子に訴えることに夢中で、手術の結果を訊こうともしなかった。

昭子がね、来いっていうから……。嬉しそうに弾んだ声になった。

さわはすでによそ行きに着替えていた。老いたさわを驚かさないために武が癌だとは伝えられない。いまさらそれを言うこともないだろう。昭子は知っているのだから。

——あんたのところは店があって落ちつかないしね、武は病院だし、もう用がなくなったわたしだからね。

さわは、自分から武をとりあげてしまった娘のそばにはもういられないとでもいうように、さっさと出ていった。武と一緒でなければいつでもかあさんに来てもらってかまわないのにねえ。昭子は前からそう言っていたのだ。これまで行きたくても行けなかったところへさわは喜々として出向いていった。

武の口から昭子やさわが見舞いにこない、という言葉は出てこない。武は何の期待もせず恨みがましいことも言わない。拉致されたように病院に入れられてしまったにもかかわらず、武はある満足を感じているようだ。医師や看護婦に大切に扱われ、付添婦も細やかな人だ。人並でないからわたしがいなけりゃあ夜も日も明けない、とさわは言い続けてきたが、武はいまや穏やかで柔和なのだ。三白眼になり、とがった声を出す元気もないからでもあろうが、体裁屋の武でもある。

——タアちゃんは悟りすました高僧みたいだよ、哲学者めいて深い何かをたたえている顔をしてた。

深志が言った。

武は、自分は何の病気なのか、なんで手術したのかを問おうともしない。医師から潰瘍のための手術で早く元気になるためだ、ときかされれば素直に頷いてそれきりなのだ。

が、退院願望がないわけではない。手術して五日過ぎたとき、あさって退院だね、と、正子の顔を見るなりふにゃりとお世辞笑いを作って言った。えっ、まだ無理よ、思わず言った正子は声を放って泣けてしまいそうなのをこらえた。武は精一杯おもねた。それが通らないと知って、うそだ、うそだと赤子のようにいやいやを続ける。一週間したら退院できると言ったじゃないか、手を開いて一本ずつ指を折ってみせる。やっぱりあさってだと言い張る。

正子は無責任なことを口にしていないし、武を瞞したりはしない。何を勘ちがいしたのか武は後に引かない。ずるいよ、言ったくせに。批難の眼を露わにして睨む。そのあとでまた顔の中央に管を突っこまれた下でふにゃりとした笑いをつくり、精一杯おもねてみせる。一週間もすれば鼻からの管もとれるそうよ、と言ったことを感ちがいしたらしい。ふにゃりと笑ってみせたのにそれが通らないのは不当だ、と、ますますおもねる笑いをくり返す武を正子は正視できない。

救いを求める眼にまといつかれ、それをふり切るように病室をあとにした。どうにも武の顔を見るのがつらく病院に行きたくない日が続いた。

正子は武と向き合う時間を避けるため、付添婦の髪にパーマをかけ、同室の患者の付添婦にも同じことをした。武が付添婦たちにタアちゃんタアちゃんと可愛がられている礼のつもりもある。武が正子はパーマ屋なのだと言いふらしていることの証明をしてやりたかったのかも知れない。武が兄貴ぶって得々とした顔をするのを見たくもあった。自慢気にしている武の顔、その鼻の下に正子は剃刀をあて髭を剃り、ときには耳かすをとる。さわに髭剃りまで面倒をみてもらっているのに、なぜか耳だけは昔から正子にしかいじらせたがらない。

ずっとつけたままだった点滴の管が除かれてからは、頬がふっくりし血色もよくなってきた。

――いまだよ、点滴が終ったのは。ながくてやんなっちゃうよな。

一日の割り当てが終ると爽やかな顔をするようになった。病院慣れしたというか、通ぶった顔をするのだ。

――まだ流動食だけだけど、残さず食べるのよね。

武の顔を見ながら付添婦は誇らしげに言う。こんな素直な患者さんについたのは初めてですよ、付添婦は一段と声をはりあげた。武の満足気な顔はボクはいまここにいてしあわせだ、と語っている。隣の老いた患者は、半身不随になったぎごちない軀を武のベッドの方に向けておくと機嫌がよいという。まわらぬ舌でひっきりなしにタアちゃんタアちゃんと呼びかけている。武の居場所ができあがっている。正子は面会時間終了の一時間前に行く日課を作っていた。深志がいくときは休んだ。

指先に毛糸を辷らせながら、正子は武に思いを馳せていた。片方が編みあがった。正子はふっと嘆息を洩らして窓の外をみた。

一休止したのがいけなかった。雪のせいで店を訪れる客もなく、仕事に時間をとられないのもいけなかった。押しやっていた今朝方の夢が現れてしまった。雪はその夢を消し去るために降りつもってくれたと思っていたが、それは正子の勝手な願望だったのかも知れない。どこまでもしつこく夢は正子に絡まりついたままだったらしい。

乱れ舞う雪を透かして泥まみれの莚が正子に見えてくる。雪はたしかに泥まみれの莚をふんわりと覆ってはくれたのだが、正子自身が雪をかきわけたのかも知れない。暖かな部屋の中にいて、正子は指先がかじかんだかのように両方の指先に息をふきかけた。

とうとう夢をひき寄せてしまった。

夢の中では庭がどろどろだった。雨のあとなのか、莚が敷いてあった。その上で武が腰を動かし蠢めいている。ある時期、人の眼も構わずだった。その恰好だ。正子は眼をそむけず見ている。莚の上の武も正子をじっと視る。武にじっと視られていると思っていたのに、いつの間にかサムの眼になっている。莚の上にいるのはサムだった。

妙な夢をみてしまったことで、正子はめざめてからしばらく自失していた。自失した中で深志の弁当を作り、朝食の用意をして送り出したのだ。そこへ雪が降ってきた。雪は夢を消しにやってきた。それに助けられて、わざとほかのことに思いを向け続けて過した時間だった。

サムに視られていて、いつのまにか武に視つめられている錯覚に陥るときがある。そのとき、正子は自分の心のありようが掴めない。掴めないはかないものを夢中で押しのけている。夢のことも懸命に押しのけていた。意識の流れの底の方に澱む何か、深い淵を垣間見せられた思いでもあろうか。

鎖につながれたままで一生を終えるに違いないサムへの思いに絡みつかれていた。

人間って何だろう、生きるってことは、生きたってことは。そして肉親とは……頑是ない子のように正子はまた拘わっている。この拘わりはそれこそ頑是ない子供だった頃から、何が何やらわからないなりに続いてきたもののように思える。

多分人間には始めから各々分けもたねばならない欠損というか欠陥なりがあるのだろう。どういうわけかそれを寄せ集め引き受けてしまう生き方をする者もいる。武がそうなのだ。自分からそうしたのではなく、そのように生かされてしまうものなのだろうが、いつの間にか自ら求めたように黙々と容認して生きてしまう。阿呆、白痴とからかわれながら、武はそれを黙って受けとめてきた。からかう相手や余計者扱いする者に正子がいきり立ってみても、当の武はへらへら笑っていた。正子はそんな武につい寄り添った。思えば一番安らげる相手だった。他の人に対するような違和感めいたものを感じないですむ。一生こんな自然な気持でいたい、武とだけで生きてもよいと思っていた。武が腰を動かし始めるまでは。

武が蠢めくさまはただ醜悪でおぞましかった。それなのに、どうにもならない淋しさがまわりに漂う。青よりも濃いが紺ともちがう淡く深い色、藍に近い。それが武のひとりぽっちの姿を形づくり影をつくる。正子はわけもわからず独り泣いた。

ひき寄せてしまった夢から、遠い記憶を辿ってしまった。そこから抜け出そうとしてしきりに編みすすんでいく指先を止め、窓に移した正子の眼の前を、白いものが横切った。白いと視たのは白いガウンをまとった等身大の正子だ。幻想的すぎる雪のいたずらか。その白い正子を追って、掌が再び丸い窓を作り、正子の顔はガラスに吸いついた。

舞い狂い、降り続ける雪はすでに三十糎にもなり、泥まみれの莚もかくされている。が、そのふんわりなだらかに盛りあがった雪の上に坐っているのは紛れもなく正子だ。雪の中でけぶってはいても白いガウン姿の正子だ。俯いて祈っている姿ともいえるが何をしているのか、その正子を凝視している正子の前で、雪の中の正子は溶けていった。

窓から離れた正子は、指先に息をふきかけたあとで、ぎぼし色の毛糸をまた指に絡め始める。

いつもサムに付添っていたレームを思い出す。サムよりあとに生れてきて先に死んでいったあひるは、深志がペットショップから買ってきた。父親と離れて住むようになってからのことだった。黄色い生毛でピヨピヨ啼いていたのは束の間で、すぐに抱えこむほど大きくなり、平べったい嘴でグアッグアッとしゃがれた声で啼いた。尻を振ってよちよち歩きをする様子は、世話好きのいっぱしのかあさん気取りだった。サムと仲好しでいつも並んで日なたぼっこをしていた。サムがレームを抱えこみ尻を動かすようになったのはいつ頃だったのか。サムは雄でレームが雌だったとそのとき気がついた。サムはレームの背を軽く噛んだり舐めたりしてしばらくやさしい愛撫をくり返す。レームは甘えていつもと別口の声を出す。前足でレームを抱えこんだサムは、後足で半立ちになり尻を動かし始める。と、レームは別口の声を出しているのをやめ、逃げ出していく。サムが前足で空を掻きながら追いかける。レームはよたよたとほどよく逃げ廻っているが、しつっこく追いかけまわされると、しまいにはサムの鎖の届かぬところに悠然と胸を張って去っていく。サムはかなわないことをくり返し、レームはそれを軽くいなして世を去った。

レームはある朝突然死んでいた。木蓮の木の下だった。首を長く伸ばして両方の羽を広げきっていた。黒い地面に十字の形になった白いレームは、地面の上を泳いでいるかに見えたが、空に向って飛ぼうとして落下した形でもあった。何ものかから逃げきれなかった姿だ。深志にこの死んだ姿を見せたくなかった。起きてこないうちにと、正子は慌てて土を掘った。きのうの夕方、餌をたべたあといつものように胃をふくらませて、深志の作ったセメントの池の縁をよちよち歩き廻っていたレームがすでに硬い。それでも羽をたたんでまるくしてやり土の中にレームをおろした。庭の隅に咲いていた除虫菊の白い花をあるだけつんで覆った。何のはずみでか、その花を払って首が上を向いた。平たい嘴が天を突いた。手を加えて下向きにするのはレームの本意ではない気がして、そのまま新たな土をかけていった。深めに掘ったつもりだったが、浅すぎたのか、土を盛ってはかくし、また盛っても黄色い嘴は天を突きさしていた。ピラミッド型にたっぷり土をかけたが、黒い土から黄色の嘴はまるで天に向って伸びるように飛び出してくる。執拗に土をかぶせるが、半円の形をした嘴の先は隠れようとしなかった。

木蓮の花が散るのを待っていたレーム。肉厚の花びらが風にのって落ちてくるのを、地面につく前にこの平たい嘴がさっと受けとめたものだ。木蓮の花を好んで食べた嘴だ。正子は土盛りをやめ、木蓮の木を首をひねって見上げた。それから眼を見開いて、もう一度木蓮の枝先を見た。

すっと立つ紫の蕾があるではないか。自分の眼を疑った。思わず立ち上っていた。花はとうに終って葉だけの時期なのだ。突如現れた一輪はまるでレームのためのようにそこにある。今年はくるめつつじも狂い咲きをして、秋から冬にかけてずっと咲き続けていたから、木蓮が時を外して一輪花を咲かせてもおかしくはないのだが、単なる偶然とは思えない。思わず手を伸ばした正子は、開く前のつんぼりした蕾に触れていた。レームが生きていたときの感触とぬくもりが掌に伝わってくる。

　じいっと視られている気配を感じて、後をふり返った正子は、サムの眼とぶつかる。サムの眼は正子に何かを訴えていた。サムはレームの死因を知っているのか。唯一の目撃者のはずだ。日中はうとうと昼寝ばかりしていて夜はめざといはずなのだから。サムがいるから猫がやってくるはずはない。猫が垣根の外を通っただけでもサムは勢いよく吠えたて、レームも一緒になってガアガア騒いだものだ。正子は意味あり気にサムを見ていたことに慌てる。レームには何の外傷もなかったのだ。サムの周辺は紫色にけぶって見える。サムの淋しさがサムの軀から放出されている。

　レームはこの世にサムのお守りをしにきたといえる。レームは卵を三日に一度ぐらいの割で産んだ。嘴の先でコッコツ叩いて割ろうとするのを、サムが肋ける。前足で転がしながら敷石にぶつけて割る。レームとサムのそれは真剣な共同作業だった。漸く割れて流れでた黄味をサムは舌の先で丁寧に舐め始める。サムはその黄味に向って、首を傾げたり、這いつくばったり、果ては全身を横倒しにしたりする。舌の先はぷりんと丸く盛りあがった黄味に繋がったままだ。長くのびた舌は黄味の形を崩さずいつまでも愛撫し続ける。

　正子はうんざりとも薄気味の悪さともいえる妙な思いから眼をそらすのだが、粘着力ある執拗さの塊りになったサムにひきこまれるのか、思わず見入っている自分を見出すのが常だった。

いつの間にか黄味も白みもきれいになくなっている。レームは瀬戸の置き物になったようにまるく坐り、つぶらな瞳でじっとサムの仕種を見ていた。

サムはレームがいて仕合せだったのか、つらかったのか。

正子は思わず音をたてて蕾をもぎりとっていた。レームの嘴を隠すように木蓮の蕾を土の上に差す。嘴と共に木蓮も一緒に天を突きさしている。相手を仕合せにするにしろつらくするにせよ、正子は誰の守りもしないで終わるだろう自分が見えた。


武が元気な頃は、ときどき連れてきて二、三日泊めたものだ。外出好きの武だが、どうしても家の中に閉じこめられ勝ちだから、気分を変えさせたかった。

そんなある日、後楽園へ行くために深志が実家まで迎えに行き、武を家に連れてきた。思えば武を連れて行ったのは後楽園だけだ。それでも野球好きの武はいつも喜々としてやってきた。その姿は昨日のようだ。いまは力なくしか笑わない。

そのときも古びたボストンバッグを大切そうに抱えてきた。

――タアちゃん手ぶらでくればって電話で言ったでしょ、着替えはこっちにもあるんだから。

よくきたね、という言葉の前にいきなり正子はそれを言っていた。いつものことだった。どうしてか、武が荷物を持っている姿は痛々しく見えるのだ。

――かあさん、タアちゃんにはね、ぜったい手離せない大事なものがあるんだってさ。うちにおいておくと心配なんだって言ってたよ。

深志が口を添えた。正子はバッグを受けとるために手を伸ばした。武は略奪されるのを防ぐとでもいう敵意に充ちた顔を正子に向け、真剣にバッグを抱えこんだ。寝るときも枕元に置いていた。

二人が出かけたあと、部屋の隅に見慣れぬ古ぼけたノートがあった。深志のではない。縁が丸くすり切れている。間にはさまれたものがはみ出している。腹のふくらんだノートをおずおずと手にとった。中味が落ちて散った。週刊誌あたりの切り抜きなのか、派手な水着スタイルや下着の宣伝なのだろう、ほとんど裸に近い黄ばんだ女の写真が身をくねらせている。見てはならぬものを見てしまったような気持の悪さ。畳の上は、女、女、女の洪水だ。思わずノートを投げ出していた。いたたまれない思いにとどめを刺すつもりなのか、正子の手はふたたびノートに伸び、頁を繰る。どの頁もぎっしりとたどたどしい字が書かれている。武の字だ。先のまるくなった鉛筆を舐め舐め机にかじりついている武の姿が浮かぶ。〇〇〇子様、〇〇〇江様、みんな女の名前だ。住所と氏名が羅列されている。多分投書欄かその類から書き写したものだろう。

正子の手からノートが落ちた。畳の上の女たちがいっせいにざわめき正子を視た。正子は後ずさりする思いだ。気がつくと前かけできつく手を拭っていた。タアちゃんの宝物だ、といって大事に扱っていたボストンバッグの中に入っていたにちがいない。野球見物にはたしか手ぶらで出かけた。押入れにしまわれていたボストンバッグを見つけ、正子は武の宝物を押しこんだ。

その夜、正子は別れた夫に抱かれている夢を見た。夫に抱かれている間中、武にじいっと視られている気配を感じて肌を粟だたせた。眼が醒めてから、夢の中のことも、昔の現実もまったく同じだったことに気がつく。夫に触れられているとき、正子はどこかでやましくってならなかった。その思いをもてあましているうちに、いつの間にか夫が武になり変っている錯覚に陥ったこともある。夫は軀が大きく武は幼児みたいに小さな軀なのに。

武は何をしたわけでもない、正子の心の問題であったにすぎないが。何で今頃そんなことを思い出したのか……。

正子はまた丸い窓を作り、降りしきる雪を眺める。サムは大雪におそれをなしたのか姿を消している。小屋の中にうずくまっているのだろう。

雪の中に坐って溶けていったガウン姿の正子の姿を、正子は追うともなく追っているうちに、武の沢山の女友だちを思い浮かべた。

武は女友だちがいると錯覚していたにちがいない。指先に唾をつけながら大学ノートを繰っていたであろう武の姿が、さっき正子が坐っていたところに入れ代って坐っている。背を丸めた武は懸命にノートを繰る作業に専念している。正子も武にならってノートを繰った。丹念に開いているうちに、せっせとラブレターを書いている気になる。

ボクは今病院です。元気になったら逢いたいです――

見舞いに来てくれたら嬉しいです――

各々に文面を変え、心をこめて書いた。宛名を書き、白い封筒を重ねていく。正子の手から、一枚、二枚と白い封筒が飛び立っていく。正子は慌てて封筒に唇を押しつける。武ならそうしたかも知れないではないか。雪の乱れ舞う中を武の唇のあとも鮮やかな白い封筒が羽ばたきながら、姿を消す。健康だった日々、武はいつも紅を掃いたような唇をしていたものだ。ほんのり唇のあとがついた上に白い雪が貼りつく。封筒の一つ一つが身を顫わせながら正子の手を離れていった。

気がつくと炬燵の上に転がっていた毛糸の玉はなく、編みあがった上ばきが正子の両手にはめられていた。左足を少しひきずる武の歩き方をその手は真似ている。

深志が帰ってきた。大雪情報が出て下校時間を早めたという。そういえばこの雪で店には一人の客の訪れもなかった。

雪のため何日も武のところに行きそびれた。

正子はあまく煮た小豆と、若草色の上ばきをもって武のもとを訪れた。土色に汚れてしまった雪の中を深志の長靴を穿いて歩いた。

——甘い小豆が食べたいっていうから、罐づめ買ってきていま食べたところ。ねえ、タアちゃん。

武は付添婦の言葉にふん、と頷く。テレビから眼を離さない。顔色は冴えているとはいえないが、安らいだ表情をしている。

——これタアちゃんの足にぴったりだと思うけど。

編んだ上ばきを武に見せた。

——ふん。

武は見ようともしない。

——ねえ、穿いてみようか。

——いいよう。穿いてみなくても、ボク上ばきもらったもんね。ほんものだよ、それは代用品で恰好わりいよ。

武は付添婦に向けて甘えた言い方で訴えている。

——看護婦さん、やさしい看護婦さんがね、ボクの足とぴったりの子供がいるんだってね、その子供の足が大きくなって、もう穿けなくなっちゃったって、それでボクにくれたんだよ、ねッ。

武は正子の方を見ないで、付添婦から眼を離さず言う。よく洗いこまれた学童用の白い上ばきを付添婦がベッドの下から出して見せた。武と呼吸があっている。妙に濃密な空気が漂った気がする。小柄で細身なので若く見えるが思えば武と同年ぐらいか。正子は付添婦をしげしげと眺め直していた。武はと見ればまだ付添婦をうっとりとした眼で見ていた。

——タアちゃんもう歩く練習したんですよ。とても頑張ったのね、歩くの見せたかった。

付添婦はいままで武を原口さんとよんでいた。が、何日か訪れなかった間に、タアちゃんになっている。

武はいま下の世話までしてもらっている。武にとって母に代わる、いや母以上の女人にめぐり合えたのかも知れない。武の満ちたりた底の方から光る眼は、かつてみたこともない眼だ。その眼が正子には眩しい。

——この上ばきが一番歩きいいのよ、軽すぎても駄目でね。

言いながら付添婦は手にした上ばきの甲の部分を撫で、重みをはかるようにちょっとあげてみせた。いままで気がつかなかったが付添婦の左手は四本指だった。拇指が付根からなく、つるんとしていた。その手で武の汚物の世話までしてくれている。正子は付添婦をまともに見ていられず俯いた。俯いた先に拇指のないつるんとした部分が拡大されて廻り始めた。それは弾力のあるレームの卵の黄味となり、サムの舌が舐める。やさしい愛撫をくり返す。いつの間にか武の舌になっていた。

——先生にほめられたいばかりにタアちゃんは歩いて見せたのよね。

付添婦の声に正子ははっとわれにかえる。

——私もタアちゃんの歩くの見たいな。

正子は武の眼にすがるように慌てて口にした。おもねる口調だった。

——ダ・メ・な・の。一日一回ときまってるんだよう。

武は、もうちょっと早くくればよかったのになあ、もう遅いよ、と威張った口吻でつけたす。女にしてもよいようなやさしい武の唇は艶やかに濡れている。そのとがらした赤い唇に、正子は武の生命の最後の赫きをみた。

——ボク上手に歩いたよねえ。

——この部屋の中だけだけどね。この歩行器使って、ここから窓際まで歩いたら、先生や患者さんみんなで拍手してくれたね。

付添婦の言葉にこくんこくんと嬉しそうに頷き、武はパチパチと手を叩いた。正子も武に合わせて手を叩く。正子の掌は乾いた音をたてたあと、持参の毛糸の上ばきをそっと手さげの中にしまいこんでいた。

地下足袋

声高に話す声がして、店にはすでに客がいた。朝子は次男を保育園へあずけ戻ったところだった。

――先生は知らなかったんですよね。

助手の君子が唐突に、興奮気味な口調で言う。なんのこと、問いながら朝子は仕事着に手を通す。丸く縁どりした鏡の中の客に、

――いらっしゃいませ。

と頭を下げ、客の背に近づいた。

――ほらね、先生はやっぱり知らなかったんですよ。先生は子供好きだから、知ってたとしたら、いつもと同じでいるはずないんですから。

君子が力を入れた言い方をする。

――まあ、ほんとうに知らなかったの。今朝の新聞みて驚いちゃって、ここにくればもっと詳しくわかるかと思って一番乗りしたのよ。だって同じ美容院仲間でしょう。

――申し訳ありません。同業者といっても、数が多くてねえ。何かあったんですか。

客と君子は、見てきたかのように、ある事件について朝子に伝えた。

噂されているのは朝子よりいくつか年上の同業者で、この町の中央で店を構えている広田勝代のことだった。その勝代が入水自殺を計り失敗した。勝代は命拾いをし、背負っていた子供の方は死んだという。

——何とか殺人っていうんだって。いま警察で調べられてんのよ。

客は同情しているのか、面白がっているのか、うわずった声がはしゃいでいる。

——狂言自殺じゃないかしら。母子心中と見せかけて、子供が邪魔になってのことじゃあないの。

ピン取りをしている君子は、客の興奮に巻きこまれ高調子の声になっている。たまりかねた朝子は思わず君子に囁いた。

——めったなことは言わないでね。真相は本人しか知らないもの。

朝子の動悸は激しくなっている。君子や客に気づかれてしまうのではないかと思わず胸を抑えていた。それでも客にほどよい相槌を打つのを忘れない。身についた職業意識に助けられている。

頭いっぱいに色どりのよいヘアカーラーが巻きつけられた客を、ドライヤーに入れる。

次の客がドアを押していた。

——いらっしゃいませ。

――ヒロタパーマの先生のこと知ってる。

入ってくるなり問いかけてくる。

――いいえ、それが今伺ったところで、もう何だかお気の毒で。

――だってひどいじゃないの。助けてえ、助けてえってすごい喚きようだったんだって。

――……。

――途中で気が変るくらいなら、始めからやらなきゃいいのよ。

死んでしまわなかったことを憤っている口ぶりである。気がつくとドライヤーに入れたはずの客はドライヤーを押しあげ頭を出し、言葉のひとつひとつに大きく頷いているのが鏡の中に映っていた。

――亭主が浮気したくらいで、そんな派手なことされちゃあ、男だってうんざりでしょうよ。

常に男の肩をもつ男性理解者と自認している客は聞き手がふえたのに勢いを得て一段と声をはりあげる。

ピンクの刈布を巻かれ、三角錐になった頂点に首をのせている客。その客のまくしたてるのを三角錐の上で手を動かし、鏡に頷き返している朝子は、心のうちで抗議し続け、耳をふさぎたい思いだ。勝代とその娘のために手離しで泣きたいのをこらえていた。

勝代の結婚は、しっかり者だということと、稼ぎのあるのを見込まれてのことだときいていた。勝代の父親は戦死した。長女だった彼女は家計を助けるために早くから働いた。苦労のにおいもなく大らかな人柄である。勝代より七歳年下の男からの求婚に躊躇したあげくの結婚だった。

――こんな商売をしてると、男と女のいざこざ聞かされてうんざりなのよね。だから、四十近くにもなって結婚だなんて考えてもいなかったわよ。まあ、教師だというから浮気するようなことはないと思ってね。

勝代は面倒くさそうな言い方をしたが、満更でもなさそうだった。講習会で隣り合わせた朝子に、噂きいてるでしょ、と言って話しかけてきたのだ。

男は病弱だったのか、いつの間にか学校も退め病院通いをしていた。勝代は何人もの見習いを従えて、立ち通しで仕事に専念し、男は病院とパチンコ屋通いが日課になった。そのうち女が出来、勝代の方から離婚話が持ち上った。が、そのあとで妊娠していたのに気がつく。高年齢の初産だし、冷え切った関係の中で生もうか生むまいか、ずい分迷った末勝代は女の子を出産した。

組合の集りに、役員の勝代は、その子を連れてきていた。まだ産毛しか生えていない赤ん坊が最新流行のドレスを着せられ、化粧までされ、顔は青っぽく光っていた。赤いイヤリングと、同じ色のマニキュアやペディキュアに朝子は息をのんだ。おむつでふくらんだ尻から、すえた臭いがしていた。

あれから半年はたっていない。

一日中、その事件の話で持ち切りだった。客と客の間を、君子と客の間を、交錯して飛びかった話は次第に尾鰭がついて誇張されていった。勝代は俎板の上にのせられ、細かにきりきざまれている。テレビや週刊誌にのるような事件がこの小さな町に起きたのだ。勝代を思いやる見解はほとんどなかった。勝代の事件から、自分の幸せを確認する客もいた。

何かが捏造されていく過程を見た一日だった。その狭間を縫って、過ぎた日の朝子自身のことが現れたり消えたりした一日でもあった。

仕事の合間には、生後二ヵ月になる末の子に乳を含ませ、夕方には次男を迎えに保育園へ自転車を走らせた。君子には昼食をとってもらうが、朝子はいつもの例で昼抜きになっているのも忘れていた。通いの君子を帰し、売上げの始末も終え、ふっと息を吐き出す頃は八時も廻っていた。

パートで来るお手伝いにまかせたままだった三人の子供を次々に風呂に入れ、布団の中に押しこむと朝子も横になる。日中相手にしなかった償いに、朝子は声をあげて本を読んでやる習慣になっていた。盛りあがった朝子の胸に、末の子がしがみついて乳を吸い、空いている方の乳房には次男坊の手が添えられている。

朝子は動物そのものというか、本能まる出しの白い自分の胸から目を逸らす。家族が死んだように寝入ってしまうのを待って帰ってくる夫の姿がちらりと浮かぶ。

夕方近くまで寝ていて、朝まで机に向っている夫は故意にすれちがった生活をしているとしか朝子には思えない。朝子は、その夫からも眼を逸らしているしかないのだ。

いつの間にか寝入った子供たちの寝顔に見とれたあと、朝子はそっと起きだした。めざとい長男の宏が、眠そうな声を出す。

——かあさんはいつだっていそがしすぎるよ。むりすんなよなあ。

十歳にしては大人っぽいその口調がおかしい。

——はい、はい、すぐ寝るからね。

明日の段取りをして最後の米とぎを終えると、新聞を広げることも忘れて、朝子はまた子供の寝息とぬくもりの中に溶けこみたくて子供たちの間に入って躰をのばした。身も心もとろけそうに眠いのに、今夜はそれが赦されない。

勝代の事件が待ち構えていたかのように寄ってくる。そして、いつの間にか朝子自身の過去になる。

宏が赤子のときだった。背にくくりつけ、闇に紛れて川の中に入っていった。そのときはすでに穏やかな気持と開放感だけしかなかった。ここにくるまでに葛藤は終っていた。何ものかの手に曳かれ、黒いだけの川の中を、それでも秘かな水明りともいうべきものがあってそれに導かれ音もなく歩いた。小さな波がぴたぴたと囁きかけている。その囁きは、膝から腿、腿から腹のあたりへとまとわりつき、胸を包もうとしていた。無上のやさしさだった。

生きもののような水は、ねっとりとして柔らかい。朝子にしなだれかかり、愛撫をくり返す。

恐くはない、何もない、静かに身をまかせていればよい。何もかもけりがつく。安堵感に浸されて、朝子は生後五ヵ月の宏と一体になっていた。何ものかに、何もかも委《ゆだ》ねきっていく。宏はすやすやと寝入っていた。宏と朝子は大いなる懐に抱かれたのだ。うっとりしたまま朝子が水中に没しようとはずみをつけたとき、はじかれたようにケラケラと背中の宏が笑った。

おむつを替えるたびに、むき出される宏の腹と胸に朝子は顔を埋めた。ぷちんと肥えた弾力ある皮膚に口づけをし、乳臭く甘酸っぱい赤子の匂いに酔うとき、宏は、はじけたようにケラケラと笑い続けた。その笑いを今、宏は笑う。水にまとわりつかれ、母がする口づけのようにくすぐったかったのか、宏は無心に笑い転げている。夢をみているのかも知れない。

——勝代の背中の子は笑わなかったのか——

突然、朝子は笑い出した。まっくらな川の中で、むつまじい母と子の笑い、賑やかな笑いが、小さな波たちを驚かした。

朝子は哄笑しながら、岸へ岸へと引き返していた。肚の底から笑いがこみあげて、涙を流しながら思いきり笑った。

——勝代の子は、女の子だから、そのとき、笑わないで泣いたのだろうか。その声に、勝代は慌てて水中に没してしまったのではなかったか——

岸に上ると、腰にぶら下げた四つの布袋を逆さにして、小石を河原に返した。水を含んで重くなったベビー服の中で、宏はすうすうと寝息をたてていた。垂れ下がったぷっくりした手、その指の先から、川の水が滴っている。小さな唇は、朝子の首筋に貼りついたままだった。

——これは大物になるわ。へえ、おどろいた。

朝子はひとり言をいった。大物の宏に励まされたのか、人に見咎められたら、気の触れた真似をしようと思った。母と子からぽたぽたと雫が落ち続け、気狂いと思われて病院に押しこまれるならそれも本望、そのことにもっと早く気がつけばよかった、なかなかいい案だ、と思いながら歩いた。

——ホイ気狂いさまのお通りだい。

よろけた歩き方になっていた。入水しようとした時から、すでに気が触れていたといえるのに、朝子はそのことに気がつかず懸命に気狂いの真似をした。然も、狂気のつもりが酔っぱらいの真似になっているのも知らなかった。常に夫の酔態をみていたので身についていたのだ。

死に損なったあとで、すぐに芝居をしようと構えた朝子だったのか……。

――勝代は助けてえ、と叫んだという。なりふり構わずのそれこそほんとうの人間の声だ。自分もわが子も助かりたい。助けて欲しいのだ。心底人間らしいではないか。羨ましい。ほんとうの叫びが勝代の口から迸り出たのだから――

見る者もいない闇夜の道を、朝子は狂気を演じ続けた。誰にも見咎められないまま、商店街に入った。ネオンサインは夜通しついているのか、明るすぎる。それでいて死んだ街路。その明るさの中を、常軌を逸した小柄な女が、赤子を背負って堂々ともいえる歩き方で大股に通っていく。そのときになって、朝子は漸く妙な自分の姿に気がついた。半袖のブラウスとスラックスの濡れた格好のことではない。地下足袋を穿いている足に眼を見張った。それは朝子の足より、二まわりか、三まわりも大きい。誰のものともわからない地下足袋を穿いて家に向っている。

この地下足袋は何日か前から、店の横に打ち棄てられていた。不用になって持主が棄てたのか、夜中に水道工事をしていたから、そのとき忘れられたものなのかも知れない。家を出るとき、ふと眼に入ったまま持って出た。お借りします、と頭を下げていた。戻ってくるはずもないのだから返せるはずもなかった。

生れて初めて穿く地下足袋はぶかぶかで、中で足が踊った。それでもこはぜをきちんとして川の中の人になったのだった。

死ぬことに、なりふり構うものか、と思った連続のまま、こうして明るい町の中を歩いていることが、朝子には腑に落ちなかった。

すたすたと外股で歩いていたのは、地下足袋のせいだと頷けた。

朝子の平べったい足に今では地下足袋はぴったりだった。水でふやけた足と、水を吸った地下足袋は和みあっている。泥がこびりつき汚れていたはずの地下足袋は、今はよく洗われて新品のように光っていた。

生きてしまったことは、やはり訝《いぶか》しい。地下足袋が変化したようには、朝子は何も変っていない。

足元を見つめていた顔をあげると、警察署の前だった。眩しいほど明るいのに、人影はなかった。ちらりと媚びるように眺めたなり、わざとのようにそこもゆっくりと通りすぎた。見限られたと思った。人にも、犬にも、警察官にも逢わず、家に辿りつけてしまうことが妙だった。何ものかに手を曳かれて行きながら、その水先案内も、けたたましい母と子の笑いに怯えたのか姿をくらまし、祈りにも似て、気狂いのふりをしたにもかかわらず、それも無視された。用意していた気狂い用の言葉も散らばって逃げた。見棄てられた、何もかもから、と思うと、死ぬことも生きることにも改めて拍子抜けした。力み返って死のうとし、さらに、力み返って生きようとし、そのどちらからもはぐらかされてしまった。

宏の生温かな唾液に濡れた小さな唇だけを首筋に感じていた。この宏を人の手にゆだねたあとは、精神病院へ直行だ、と身構え、その病院でほんとうの精神病になっていく姿も描いたが、それも駄目になってしまったとなれば……。

ともかく生きるしかないらしい。どんなに大儀でも。

そのとき、女一人大地を行くという言葉が朝子の頭をかすめた。映画の題名なのか、本の題名なのかわからないが、それを引き寄せ、それに縋りついた。今、歩いている道は、舗装された道路だが、大地にはちがいない。その味気ない化粧された道路を一皮めくりあげた思いになって朝子は一歩一歩と踏みしめた。そのために地下足袋を穿いていた気がした。

——よっしゃ、生きてやりやしょう。

地下足袋を穿いた足の方から、そんな声が上ってきた。もうひとつその声が念を押す。

――生きるとなりゃあ、うん、よし、と頷ける生き方をしようや。

思わず朝子は、こくんと子供のように返事をしていた。

夫も、父も、兄も、姉も、それ以後朝子は気にならなくなった。存在していると思うから苛立ったり、そのあげくにどこかで頼っていたりする。存在していないと思えばよい。

精薄の次男と、喘息もちの三女の世話をする母、この三人にだけ朝子は自分を向けていればよい。この三人は、自ら選びとった生き方をしているといえるだろうか。宏も自分が好きで生まれてきたのだろうか。生れて何ヵ月もしていない。この朝子を頼るしかない生を生きている。

――よっしゃ、まかしとき。

地下足袋から上ってくる声は乱暴だった。同時にケラケラという嗤い声にも叱咤され励まされた。何をどう割り振ったのか。茫漠とした人生をなのか。ともかく割り振ってしまうと勇気が湧いた。妙な感動に身顫いしたのを朝子はよく覚えている。

――勝代はこれからをどうするのだろう。共に死のうともし、また、生きようともしたから、助かろうとしたにもかかわらず、わが子を死なせてしまった。可愛い盛りだ。勝代は気が狂ってしまうかも知れない。赤いいちごのイヤリングと、手と足のいちご色の爪。いちごから赤い汁が垂れている。勝代を死へと向かわせてしまった周囲の者よ、これからは勝代の生を支える人になってくれますように――

朝子は胸を掻きむしる。日中抑えていた反動なのか、息苦しさで躰が顫える。勝代の近親者に、世間に、朝子は腹を立て、子供を道づれにして水に入っていった勝代にも憤った。過去の朝子自身にもそれは向けられているだけに憤りは倍加した。

あの頃、朝子は家族の半分が重い何かをしょって生き、もう半分は自由で勝手な生き方をしていることへの不公平さに、不満を抱き、躍起になったのだ。家を出ていった父も、兄も、姉も、残された母や弟、そして妹の三人に眼を向けるべきだと朝子はいきまいた。あの当時の思いあがった朝子と共通した何かが、勝代をも死に向かわせたのではなかったか。

が、勝代はただ疲れ果ててしまっていたにちがいない。からからに涸れてしまった心が水を求めただけだったのかも知れない。

朝子はあの河原で小石をぶちまけたときを境にして憑きものが落ちた。躍起になっていた思いが消えた。水の中に漬かって、あちら側に行きかけたから、魚の餌食になって、白骨が川底に永劫に沈んでいようとかまわないと、そこまでいったから、こそげきったようにさっぱりした思いになれたのだ。

地下足袋のまま間口一間半の小さな店の、ちぐさ美容室と書かれたドアを押して入ったとき、朝子は見知らぬところへやってきた気がした。飲み屋でまだ気炎をあげているのか、夫はまだ帰っていなかった。

あの夜、朝子は生活の染みついた匂いの中で、死んだようによく眠った。

――勝代もよく眠っていてくれるとよいが、留置場の中でも死んだように眠ってしまうことだ――

あのあと、また何もかも元通りだった。あのことについて誰も知らない。朝子は口をぬぐって生きてきた。

実家の三人と夫をこみにして、朝子がいくら存在しないものと考えたがったにせよ、夫は男だった。宏のあと二人の男の子を生むことになった。まるでそれが生きることの証でもあるかのように。

父や兄、姉は近くにいないことで、朝子の覚悟通りにさせてくれたといえる。

その三人が十何年も経て揃って現れたのは、二ヵ月前の妹の葬儀だった。

五人の子と妻を捨て、女の元に走った父、その父を真似て自分の世界へと飛び立っていった兄と姉、どのような働きかけをしてみても、実家のことを省りみなかった三人だったが、葬儀には顔を並べた。

――敏子を結婚させるなんて無茶だったのよ。

――結婚しなければこんなことにはならなかったかも知れないよ。

兄と姉は涙を浮かべ朝子をなじった。

——敏子の結婚について何の相談も受けなかったものね。

兄と姉は顔を見合わせて頷き合った。

花婿、花嫁側の母と精薄の弟、そして姉の朝子だけの内輪の挙式だった。戦災孤児として施設で育った花婿には介添人もいなかった。その花婿のために家族でもないような家族を引き合わせる気に朝子はなれなかった。

兄も姉も結婚していたが、その伴侶を母も朝子も知らない。


喘息を病み続けた妹が、人並の妻になれた。朝子が人の出入りの多いパーマ屋だったから、めぐり会えた縁だった。世話好きの老女の肩入れだった。身寄りがなく下積みの労働者だったが、心優しげな男だった。妹を大切にすると言った男の言葉に、朝子は安心した。医師に子供をつくるのは無理と言われた。

朝子が三人目を妊ったとき、敏子も妊娠した。母になれる喜びで敏子の全身は柔かく輝いた。決心を翻すことは医師にも朝子にもできなかった。楽天的な母は、

——なに、母親になれば女は見ちがえるほど強くなってしまうものさ。

と長い間病弱だった娘に、期待をかけた。みるみる健康になっていく敏子に、朝子は胸をな

でおろした。恐縮し困り切っていたのは敏子の亭主で、大きな躰が恥じらっていた。

朝子は夫からもう子供はいらない、と言われながら、二人育てるも三人育てるも同じだ、といった思いで三男を生んだ。が、敏子は出産にこぎつけなかった。妊娠してから人が変ったように元気だった敏子は、臨月に入って急に発作に見舞われることが多くなり、切開で出産と決めた矢先、予定日を前にして、痰がからんで窒息死した。腹の中の子まで道づれにして死を早めた敏子、その源を作ったのは朝子なのだ。敏子の夫に対しても、束の間の幸せという詐欺をしたようで朝子は切なかった。積極的に生きようとした朝子自身の思いこみの一環に、敏子をくり入れてしまった。

朝子の三男は日ごとに育っていく。陽の目も見ないで、腹の中に蹲ったまま殺された形になってしまった敏子の子。びんびんと弾むように成長するわが子と、自分の健啖さに朝子は眼がくらんだ。


敏子の死んだことで朝子をひとしきり批難した姉は、

――あんたはいいわよねえ、稼ぎがあるから。

――………。

――あんた、それでも美容師のつもり。化粧ひとつしないでさあ。ほんとうに変ってんだから。そんなになりふり構わず働いてばかりいちゃあ、旦那も面白くなくて呑んで歩くわよ。

——そうだなあ、お前はがむしゃらで人を息苦しくさせるところあるからなあ、昔から。一本気の若さでという年でももうないだろう。そろそろゆっくりしろよ、インテリの旦那に歩調を合わせた方がいいよ。

その通りをしたら、母や弟はどうして暮らしていけるのか、問いたかった。これからは送金してくれるのね、と朝子が口に出そうとしたとき、

——やっぱり田舎はいいわよう。ゆっくりするわ。ほんとうに。あんたなんか実家近くにいるだけで幸せなのよ。都会の暮らしは大変よう。うちはしがないサラリーマン、毎月かつかつで、こんなときだって交通費のこと考えちゃうのよ。その点いいわよねえ、日銭が入る店を持ってることは強いわよ。

——そうだなあ、毎日ラッシュに揺られて、へえこらしての安月給では、女房にも頭が上らんし、こんな物入りがあると、びくついてるなんてさまにならないよなあ。お前は一国一城の主だからなあ、羨ましいよ。

——羨ましがられることはないんじゃない。ねえちゃんは好きな人見つけて家を出てったんだし。店が困るのも、母さんがねえちゃんを頼りにしていたのも知っていて。にいちゃんだってそうよ。ここで勤めるところが無かったわけじゃないのに、喘息で苦しむ敏子を見て

いるのがつらいとか言って、東京へ行ってしまったんじゃあないの。母さんに言わせれば、にいちゃんは優しすぎるからね……だけど。

――まあ、そう言いなさんな。すぐ正面から切り込んでさ。

――大体が、うちではあんたは変わり種なのよ。にいちゃんもわたしも父さん似で、って言うことね。父さんが好き勝手なことをして家を出ているのに、私たちがあれこれ言われることないわ。

その場に父はいなかった。昔から父はそのようなとき姿を消していた。

生活に疲れたのか、父は家族から逃げ、ついで兄が母の願いを振り切って家を出た。姉はいつの間にか一家の柱になっているのに気がつくと、犠牲になるのはごめんだ、とやはり出て行った。

――三人の子特ちとは贅沢すぎるよ。子供一人育てるさえ大変な時代に、あんたはしゃあしゃあと三人のママなんですからねえ。

――まあ、一番経済力のあるのはお前というわけだ、今後も、母と弟の生活はよろしくたのんますよ。

すでに絶ち切ったはずのことに、朝子は新たに思いが掻き乱され、血を分けた兄姉なのにとささくれた思いになった。そのとき地下足袋からの声が聞こえた。

——お前さんが自分でそれを選んだんじゃなかったかい。

乱暴だが暖かい。切なさや情けなさに襲われるとき、地下足袋の感触が足に甦えり、そこからの声が立ちのぼって朝子はなだめられていくのが常だった。共に行動した思いの深さが縁《えにし》になって朝子を支えているかのようだ。

次々と肉親が家を捨てて去っていった若い頃に、家族とは何なのかわからなくなり途方にくれたものの、朝子は逃れようのない楔を打たれた自分を眺め、茫然としたあと、まっとうなものとして残されたという自負におきかえ、働き続けた。貧しく生きる家族だから、強い絆が必要なのだと。

結婚できる立場ではないが、朝子が結婚したのも、自分の生い立ちの中ではつくれなかった絆を、彼とならつくれると錯覚したからだった。期待とは、それを追うものに裏目をみせたがる。ふくらませた朝子の夢は、現実の生活の中で、また失望を教えてくれた。

朝子はよくよく執着心が強いのか、こりずに、敏子にその夢を賭けた。敏子はその実現を垣間見せながらも、あまりにも思いがけない、まさかという最後をみせた。

朝子は妹を死へ追いやったという思いから、なかなか立ち直れなかった。が、動き廻ることでしか傷の癒えていかないことを、朝子は知っていた。朝子はがむしゃらに働くだけだった。

そして、広田勝代の事件だった。

遠く救急車のサイレンが鳴っている。まさか夫が……夫のために救急車が走っているのだとしたら、といつも思うことを思った。酒の上での事故か、思わぬ病気で救急車の中にいる夫なのかも知れない。朝子は馴れることができず、毎度おろおろした。が、今夜はなぜか、夫の脇に見知らぬ女が控えているのが見えてくる。さらに夫が朝子を見てにたりと笑う顔が迫ってくる。

昼と夜を取りちがえた夫は、そのことにいつも堂々としている。ふと、まっとうなのは夫の方だと思わせられる。昼は働き、夜は寝るものときめている方こそ、おかしいのではないのか……。

夫との結びつきを嬉しく思った頃も、確実にあったのに。

大学を出て、小説を書いていた青年。その青年によって、朝子は、自分をとりまくどうしようもない関わりや環境は、実は充実したものと教えられた。豊かな人生なのだ、と。

ただ、黙って自分に小説を書かせてくれれば文句はない、学歴もない朝子に不満を見せるでもなく言った。想像したこともない、遥か高いところから響いてくる声としてきいた。無知すぎる自分は、これからはただ夫の後についていけばよい、朝子は安らいだ。

結婚後、僅かで、父や兄、姉と共通するものを夫に見た。

――俺は子供など欲しくはない。第一喰わせていけない。それにお前の家族を見てみろ、何のために生きているのかわからない生き方をしているだけじゃあないか。そんな二の舞を俺の子供の上に見たくない。第一俺と血の繋がっているものを、この世に残すと思うと、ぞっとするだけだ。お前の親兄姉の非情さも気になるしなあ。最低だッ。

芽生えたものは消せません。子供は生みます。朝子がすがれるものは、自分の胎内にしがみついているまだ形も定かでないわが子だった。朝子は夫の考えがいつまでもどこまでもわからないもののように思え、捉えがたくなり、それに翻弄された。行きついたところが、宏と一緒の川の中だった。

自分がいなくても、血の繋がる父と兄と姉がいる。弟や妹そして母の面倒をみるにちがいない。肉親なのだから。それこそ、いざとなれば強力な絆が生まれるはずだ。その絆の強さを夫に知らせたい。朝子の思いはそこに行きついた。絆の証を頼りに、絆を絶とうとした。

――勝代も多分絆を絶つつもりだったろう。が、この件で勝代は絆と強く結ばれるものになって欲しい。何しろ、肋けてえ、となりふりかまわず叫んでいるのだから。その上、最愛の子を失っている……――それ以上の哀しみはないじゃないか。

朝子は漸く眠りに入った。浅い眠りの中で、けたたましくケラケラと笑う声を聞いた。あのときのように一緒に笑えないもどかしさがあった。

朝子は身を固くして、いつまでもいつまでも、その声を聞いていた。その声は五ヵ月の赤子の声ではなく、今の宏の嗤い声だった。宏は何もかもを身透かしている。口をぬぐって生きている朝子に、かあさんは下手な芝居をしているだけだ、と嗤っている。忙しがって格好つけてるけど、それは、ほんものじゃないよ、と、ケラケラと宏は心底おかしそうに嗤っている。

水の母

太っていたさわは二十キロ体重がへった。手術したあと縮みに縮んで可愛い老女になった。健康だけが取柄だと自慢するのが口ぐせだったが、四ヵ月の入院のあとでは、もうその言葉はきけなくなった。

痩せていくとき、浮世のあれこれも一緒にこそぎとられてしまったのか、太っていたときの押しの太さや、後家の頑張りめいたものが影をひそめた。

衣服から出ている部分の顔や手は上質の縮緬紙のように深い皺を均等に寄せている。いくまわりも小さくなった皺々の顔の、そこについている眼も、オヤ、こんな小さな瞳だったかと、見直してしまうぐらいだ。もともとこんなに茶っぽかったのか知らん、ちょんとした瞳は柔かな光が漂っていて何とはなしに和ませられる。

——銭湯へ行こうか、ねえ、たまにはいいもんだよ、いこ、いこ。

さわはいそいそと銭湯へ行く仕度を始めている。カチューシャ可愛いや別れのつらさ……。と鼻歌まで出ている。娘に愉しいもてなしを思いついたというふうだ。

離れて住んでいる正子は週に一度来ると決めていたが、今回は二週空いた。来られなかった罪亡ぼしに二晩泊っていくと言ったので、さわははしゃぎだしたのだ。

――それじゃ温泉に招待されるとしますか。

正子もさわにつられてはしゃいだ気持になり唐突なさわの誘いにのる。

――風呂代は二百円、洗髪代は二十円。

――へえ、よく知ってるのね、かあさんときどき行くの。

――そうだよ、リバイバルだよ、それにふっと何もかも面倒くさくなるときがあってね、おさんどんなんかどうでもよくなっちゃうんだよ。

さわの本意にちがいない。息子と二人ぐらしとはいえ、病を得たあとも、それなりの健康をとり戻せば、三度の食事、掃除洗濯、風呂の仕度と肩替りするものはいない。女は死ぬまでおさんどんから離れられないものか、と正子はさわを哀れと思う気持にひっぱられていく。

――じゃあ、あたま二つシャンプーしてきますか、安いものですね、二つでたったの四十円なんて。

正子はおどけて、その思いをふっ切る。

――フン、ボクをおいていくのかよう。

二人で連れ立って出かける様子に気がついた武は観ていたテレビのスイッチを消し、妹の正子を睨んだ。

――だからいやなんだよなァ、正子が来るとかあさんすぐ調子にのるから。

丸坊主の頭に白いものがやたら目立つようになった武は、鼻をすすり、すすり切れない分を袖にこすりつけながら、なおも言いつのろうとする。

さわは頭ごなしに叱る。

――また口出しかい、おだまりッ。お前は黙ってテレビ観てりゃいいんだよ。ひとが話しているとき口出しするんじゃないっていつも言ってるだろ、何百遍言ったらわかるんだい。

その口調に耳をふさぎたくなりながら、正子は鬼婆かなんぞのような形相に早替りしているさわから視線を逸らす。相変らずだ。生死の境をさまよったというのに、さわは何も変っていない。この二人の関係はいつもこうなのだ。

武は別に暴力をふるうわけではない。が、さわの武への対しようはまるでひと荒れくるのを予測して、前もってくいとめなければならないとでもいうような攻撃の仕方だ。その攻めようは手順がきまっていて、いきり立ち高飛車に怒鳴ったあとでは、脅しにかかる。

――いいよ、せっかくお前の好きな三平のやきとり買ってこようと思ったけど、やめとくだけだから。

これだからたまらないと正子の気持はみるみる萎えていく。いくらこの場に直面させられても慣れようがない。

このたまらない気持を何度さわに伝えたろう、が、その正子に対して、せせら笑うように、何のご利益があるんだい、武を弁護して。武を育てているのはわたしなんだから余計な口ははさまないでおくれ、とかたくなに戸をめぐらすふうをみせる。それから、おもむろに仕切り直して武にあたり散らす。

いたたまれない空気がさらに濃くなり正子は居場所をなくす。

武はぐうの音も出なくなる。そして、慌てる。

――あっ、まちがいました。わかったよう、わかりましたッ。留守番してます。行ってらっしゃい。ゆっくりしてきていいからネッ、どうぞ、ごゆっくり。

正子へ向けたとがった声はどこへ行ったのか、調子のよい明るさでさわに媚び、へらへらと笑う。

眼を背けながらも、その光景の中に身をおいている正子は、自分をひっくるめてさらにすべてから眼を背ける思いになる。

――さっ、いこいこ。こんなの相手にしてたら、日が暮れてしまう。

さわは正子の思いを見透かしてか、その場から正子をひっさらうように急きたてる。

すでに日が暮れている戸外へ二人は連れ立って出た。武は足取り軽くついてくる。

――大人しく留守番してるんだよ。

さわは武の頭をくるりと撫ぜて言う。

――やきとり忘れないでよ。

上眼づかいの武に、

――しつっこいね、何度もいわれなきゃわからないわたしじゃないよ、ター坊とはちがうんだから。

さわは、ほらほらと手で制しながら、武を門の中に押しこんだ。

七十二歳と五十に手の届く女二人、車のライトが照らす中に浮かんだり消えたりしながら歩いた。

武は五十歳、長男だ。幼いときの高熱がもとで知恵遅れとして生きることになった。

二人をこういう状態におくしかなかったろうか。

若い日に職業指導所や、精薄施設を必死に探し、ここならという施設を見つけ武をあずけたことなど、正子は思い出す。武なりの手仕事を、少しでも生きるはりを、なろうことなら自立への道を……と。が、ホームシックにかかって逃げ帰ってきたりで、徒労に終った。

さわは、武が可哀そうだ、まともでない子なのに正子は残酷すぎるよ、と足を引っぱる側に終始した。二度、三度と施設を替った果てに正子が諦めたとみてか、それみたことか、わたしの言った通りだろ、武は人並のことなんか出来っこないのさ、と勝ち誇ったように言った。

もと通りに戻ってしまう二人の生活、何の変化もないやりとりに、正子は自分がやろうとしたことは何だったのかわからなくなる。さわから武を切り離してやりたい思い……。

母親という代ものにもいろいろな形があるのだろう。幻想は抱かぬことだ。妹や娘の分際で何をしようとしてきたのか。

しかし、正子が妹の分際だったからこそ、施設への入所が可能にもなった。親からの相談や依頼でなく、妹だということで珍しがられ好意的に扱ってくれた。二十歳を過ぎての入所は規則になく、費用は倍額でと折合いをつけたこともある。正子が二十歳前後のことだから、言うなら青春を賭けての懸命さだった。どうでも兄をまともに生かしたい、という思いは多分、自分自身もどうにかして生きてみたいのだという強い思いと重なってしまったのだろう。

つまりは中途半端になり、正子はただむきになる性格だとさわから思われ、余計な手間暇をかけて、と軽んじられた。さわの尻馬に乗る武からも恨まれた。そのあとも、給与はこちらから出すから、本人には内緒にして使ってもらえないか、と、武を置いてもらえそうな作業所へ頼みこんだこともある。武の中に人並に働きたい願望があるのを、正子が感じてしまうせいなのだが、武のためによかれと動きまわったことはみんな裏目に出て、何もしなかったと同じだった。さわからみれば無駄の積み重ねだった。

それでも今もなお正子の中で、どうしようもなかったろうか、二人をこういう関係におく以外に……との疑問が尾を曳いている。おどおどし小さくなって生きている武、それなのに深く澄んだ瞳を持っていて、その瞳で見られると胸が痛み、何故か責められる思いになって気がふさいでしまうのだ。ほんとうにこういうふうにしか生きようがなかったろうか、糠に釘、のれんに腕押しさ、と、どこからともなくきこえてくるさわの呟きを耳にしながらも諦めきれない思いが、しつっこく正子につきまとっている。

それでいてさわと武の間には正子のはかり知れないそれなりの何かがある。充足ともよべるものなのかも、そんな希望に似た思いにすり替えている正子。あいまいで不確かな自分の心をみつめるとき、その中にしたり顔も覗かれて、口惜しさめいたものが澱んで揺れるばかりなのだ。

さわのお喋りがよどみなく続いていた、と気がついて、

――夜の散歩もしゃれてるものね。

正子は急に慌てて言葉を添える。

小股でよたよたと歩くさわに合わせながら、正子も背を丸め片手はさわの肩から脇の下へ廻している。もう一方の手にはさわの用意した銭湯行きの道具、二人分の入ったふくらんだビニール袋がぶら下げられている。

――三平のやきとり頼んでいかなけりゃあね。ターちゃんがまたうるさいから。帰りには焼きあがってるようにしてもらってくるからね。ちょっと待って下さいよ。

さわは慣れた物腰で、もうもうと煙の出ている小さな店の暖簾をくぐっていく。戻ってくると、さわはまた正子にぶらさがり、たて続けのお喋りの中に入っていった。

――ほら、あんたのおばあさん。わたしの母親は六十八歳のとき銭湯で倒れたんだったよね。

賑やかな言葉の行列の中から出たそれに正子の耳はひっかかる。

自分の母親の死の状況をこともなげに言ってほしくない、石ころを蹴るみたいに……。然も、こうして銭湯へ行こうというのに。縁起でもないことを平気で口にする神経がわからない、と思いながら、銭湯へ行こうとしているからこそ、さわは思い出しただけなのだ、と正子はかろうじてさわの身に寄りそう。

さわの母は、さわの兄夫婦と暮らしていたが、豪邸ともいえる住いを擁しながら万事につましい家庭で、三日に一度の風呂ときまっていたという。風呂好きの祖母が銭湯通いをしていたことは死んでからわかったことだが、湯舟の中で息を引きとった。

生れたときの姿そのままで眠ったように終りを迎えるなんて、羨ましい往生だとか、自分で湯灌をしたようなもの、とは葬儀のときに集った人たちの言葉だが、死亡してしばらくの間、身元がわからず大騒ぎだったのだ。

柳の木の下にいつも泥鰌がいるもんですか、正子はさわを揶揄したくなるが、黙したまま足を運ぶ。

さわは正子に何を伝えようとするのか。

死への願望をなのか、祖母の最後を羨望してなのか。銭湯で死んだばかりに老いた裸体を衆目にさらさなければならなかったというのに。

――マスさんの幕の閉じ方、ちょっと可哀そうすぎたと思うけど。

――おや、わたしの母親の名前はマスさんかえ。

正子が呟いたのをさわはききとがめ、きょとんとした顔をして見上げている。

――いやだわ、自分の母親の名前忘れちゃってんの。かあさんには参った、参った。

正子はおどけてみせるしかない。

――どうでもよいことだよ。死んじゃったんだから。マスだろうがマセだろうが、だけど、マスでもマセでもない名前だった気がする。

――そういうものかねえ、じゃあ、キヨにしておけば……。

――そりゃあ、まずいよ、わたしの伯母さんの名前だからね。

さわは、おかしそうに笑いこけ、いっそう正子に体重をかけてくる。いつの間にか話は変ってとめどない流れの饒舌がさわの口から飛び出している。正子はつかえた思いでいながら、いちいち取り合っていたら、さわの際限のなさに取りこまれて、にっちもさっちもいかない気持に絡まれるだけだ、と気をとり直す。

まともに受けとめてしまう癖のある正子は、さわといると疲れるしかない。ほどほどに耳を借す技を身につけたいものと、ながい間思い続けてきた気がする。

――ここまで痩せちゃうとさ、皮膚がたるんで自分の躰でも気味悪いもんだよ。おぶにつかると、たるんだ皮膚がぴらぴら躰を離れて勝手に浮いているんだよ。今日は一緒にお風呂に入るから見せてあげられるね。

――これこれ、どこへ行くのって、そのぴらぴらかあさんとこへ戻してあげなきゃね。とっくり拝見といきましょう。

気味が悪いといいながらさわは自分で自分の躰に感動しているふうだ。

退院した頃、さわを独りで風呂に入れるのも心もとなく、一緒に入っている。そのときは病後だという痛々しさが先だって、ユーモラスな思いで皮膚のたるみを捉えるゆとりはなかった。そのあとでさわから何回も同じ話をきかされている。日帰りで戻っていく正子を、今日は漸く掴えたのだ。銭湯にも連れ出した。いよいよそれを見せられる。くり返し強調しているさわに、

——かあさんのぴらぴら今日こそいっぱい触ってあげるからね。

と正子はさわの背中を撫でながら言う。正子の掌はもの淋しさを伝えてくる。どこを触っても、むっちりしていたさわはもういない。

自分の躰が自分でないようだよ、空でも飛んで行けちゃうよ、ふわふわ軽くってさ、心細いもんだよう、泣きそうな声でよく訴えた。

——あたり前よ、その年になって胃を全部とっちゃったんだから。こんなにぴんしゃんしてるんだから、痩せたことぐらいで文句いっちゃだめ。痩せたことで高血圧も治ったし、老人のなりやすい病気をみんなおっぱらっちゃったようなもんだから、ますます長生きしてもらわなければね。

正子はそのたびにわざと乱暴に言うしかなかった。手遅れで半月もたないと言われたさわも、痩せたことを嘆いているわけではない。慣れない身の軽さを誰かにきいてもらいたいだけなのだ。

広い湯舟にほかの客の姿はない。

さわと正子は子供用の浴槽に並んでつかった。これで商売になるのかね、おぶをこんなにふんだんにざあざあ流していいのかね。

さわはそんなことを言いながら、正子の手をとって、ほれ、と自分の脇腹あたりに持っていく。

——どれどれ。

さわの骨と皮だけになった手に導かれた正子の指先に、ふにゃふにゃの柔かいものがなびき寄ってきて触れる。

ながいこと豊満な肉を包むために必要とされ今は不要となった皮が、執念深くさわの躰の周りで、ひらひらと泳ぎ揺れていた。ほかの生きものがさわにとり憑いているようでもある。

——へえ、くらげだねえ、こりゃあ。

——くらげねえ、あんたうまいこというね。それにしても気味悪いだろ、この辺なんかもっとだよ。

正子の手を持って、さわは自分の躰をまさぐりながら動かす。

——気味悪いなんて思わないよ、かあさんのだもの。ぷわぷわして気持いいよ、面白いよ。いつまでだってさわっててあげますよ。それにしても、へえ、これが人間の躰の一部分かねえ。

正子は指先をあちこちに移動した。さわの躰の周りをふわっふわっと浮遊している尖端にそっと触れながら指を滑らせたり、深く奥まった襞のところに沈ませてもみた。尖端は触角でも動いているのか、吸いこむ作用を指先に伝える。吸盤を持ってるみたいだ。正子の意志に関わりなく正子の指先は誘われるままにどこまでももぐりこみ、襞々にやんわりと挟みこまれ、しばし憩う。

実際のくらげに触ったら、こんな感じなのだろうか。

拇指と人差指でつまんだ個所をこすり合わせるとコリコリする。

水族館の水槽の中で群をなしていた透明な生きものに魅せられた幼い頃が甦って、正子は遠い日の自分を眺める。

——マコちゃんには参った、くらげの前に立ちっぱなしで動こうともしないんだ、とうとう閉館までさ。

若い叔父、さわの弟は戦争に行ったまま還らぬ人になってしまったが、くらげの水槽のガラスにゆっくりと指で海の月、と書き、水の母とも書いてみせた。

——こう書いてくらげと読むんだ。くらげはとらえどころがないもんな、海の月にしても水の中の母にしても同じなんだナ。

と独り呟いていた。

くらげはほんとうに海の月なのだ、正子の幼いイメージはふくらんでいく。空には月はひとつしかないが、海の中の月は、いくつも重なって水の中で揺れている。その月にひき寄せられて、正子はこの世のものではない透明な美しさの中を漂った。

透きとおったまんまるい月、その大きさは眼の前のガラスの水槽の中で揺れている湯のみ茶碗のふたぐらいで……。でもここにいるのは月の子どもたちで……。

月の子どもたちは海の中に生み落されて、かあさんを探している。

海の中にいるはずもないのに。そうとも知らず水の中を探し続けているくらげたち。かあさんを見つけたと思っても影だけ。

正子の想像は尽きることなく続いていく。その想像のままに自分を泳がせ遊ばせ、それを愉しみ、いや、切なすぎてなのか、そこから動けなかった。

あくことなくかあさんを探す月の子どもたちは広い広い海の中いっぱいにあふれ、あてどなくさまよっている。正子もくらげと一緒になって、言い知れぬ不安を躰いっぱいにみなぎらせている。息苦しいまでに海をだか、母だかを思い、月の子たちと一緒になってぬらぬらと浮遊する。

それでいて、小気味よい快感めいたものも一方では味わっていた。空にある月は自分の生み落した子たちを見下ろし独り天空にいて、青く透きとおる粒子を身にまとい輝いているのだから。海の底まで、地の底までその光を沁み通らせているのを承知してか知らずか、ただときどき深いため息を洩らしている。ため息は滴となってつうと海に落ち、それが月の子どもでくらげになる。

幼かったときのことで不確かなのに、いやに鮮明に思い出せる。軽やかに揺らぐくらげを見つめ、何やら大きく重い複雑な思いになったことをはっきり覚えている。と、正子は急にある思いに捉われ、息をのむ。

三十何年も前のさわのさわの後姿のことが甦える。

あのときのさわのとり乱した様子も様子だが、正子が見てしまったものは、正子の中で増殖しこそすれ、少しも減じてはくれなかった。

忘れようとして忘れられない時期が長く続いた。

心の奥の襞にしっかり喰らいついて離れず、その後の正子の生き方を左右したかも知れない。

学童疎開から戻った正子を待っていたのは、焼け残った家屋を借りての雑居生活だった。

あの叔父の若い妻も転がりこんできていた。襖一重で見ず知らずの母と子も住んでいた。

集団生活をしてきた正子には、それはさして気にならなかった。疎開もしないで生き残ることの出来た父母と、二つちがいの兄武と共にくらせるなど思いがけなかったのだ。学童疎開をしている間に孤児になってしまった友だちもいたのだから。

夜中に歯ぎしりや、呻き、すすり泣きで眼が醒めても、父や母が一緒にいるのだ、と気がついて安堵しては眠った。父の正介の隣に正子、その燐に武とさわ。六畳間の両端にさわと叔父の妻とが陣どっている形で押し合うように寝ていた。

朝のざわめきが一段落して、半分に折られたまま部屋の隅に押しやられている夜具の片づけを手伝っていた正子は、正介の枕元にハンカチに包んだものを見付け、とりあげた。ぬるっとしたものが、ハンカチを通して指先に伝わり、思わずとり落した。さわの手がそれをひったくった。さわの喉からヒューーッという声が飛び出すのと、襖めがけて、それを投げつけるのと一緒だった。

ぐしゃっと音がはじけた。乳白色のゴム状のものが畳の上を這って動いたあと、それは畳にへばりついた。

――ああッ、穢らわしいッ。穢らわしいッ。

さわは畳に突っぷした。

泣き崩れていくときのさわの顔は、ひきつれ歪み、正子の初めてみる醜いものだった。けだもののように哮え、背中は波打っている。

正子は金縛りにあったようにただ立ち尽していた。

波だつさわの背に、ひきつれひきちぎられたさわの醜い顔が貼りついて揺れている。それは薄いゴム状の膜。何ものかの手によってさわの顔がひっぱがされてしまったのか、ふにゃふにゃの半透明のゴムの能面が一つ二つと増えていく。

さわの顔は薄皮がひんむかれ、肉が透け、血が滲み出ているにちがいない。

突っぷしたさわの背から始って周りに二重三重と重なりあって揺れ動くものが増え続ける。話でしかきいたことのない夜叉というものになってしまったのか。その夜叉をとり巻いて揺れ動くものはひらひらと水の中を浮遊しているみたい。ひんむかれたさわの顔は、水の中で舞い漂う。正子も水中にゆらりと立ち続けている錯覚に陥っていた。

さわを変貌させてしまった乳白色のぬるぬるのゴムは、畳にへばりつき呻いているさわの顔近くに、やはりへばりつきのた打っている。疎開する前のやさしい母はもういない。正子は迷子になった思いで泣き出していた。

――かあちゃん、かあちゃぁん。

正子の泣き声と、さわの悲鳴に近い号泣に武も加わって泣いた。

わけもわからず正子と武は声を合わせて泣いた。水の中で揺らぎながら声をあげた。

その折、同居人が同じ屋根の下にいたのか、すでに出払っていたのか。ただ、父と叔父の妻が芋の粉で作ったふかしパンの朝食をとったあと、仕事探しに並んで出かけて行ったのだけは、くっきりとした映像となって正子の中に残っている。母がひっつめ髪をボロ布でしばっていたのと、パーマをかけた叔父の妻の頭をも同時に思い出す。

背に薄い能面を貼りつかせた頃、さわは身妊っていて、武と正子の弟、弘を生んでいる。

正介はさわに弘という子を妊らせて叔父の妻と去ってしまったことになる。

その頃、まだ叔父は復員してくるとばかり思っていた。捕虜になり病死したと知らせが入るのはずっとあとである。

正子が今、指先で触れているふにゃふにゃの不確かなもの、さわの躰の周りにまとわりつく不透明のくらげみたいなもの。かつて、視覚として捉え記憶されていたものが、今、指先の感触となって再現されている。

――いい気持いい気持って、あんたはこんなの面白いのかね、変な子だね。

さわは満更でもない顔をして正子をみる。

――赤ちゃんのときのマコちゃん思い出すよ。乳離れの悪い子でねえ、あんたは。おっぱいに墨で顔を描いたり、トンガラシつけたり、それでも何とかおっぱいしゃぶろうとしたんだよ。あんたの手がかかる頃にターちゃんは知恵遅れになるし、まるで双子を育ててるみたいだったよ。

さわの眼はいま穏やかに和んでいる。ときとして武に対して出てくるあのエネルギーは、この可愛いとしか言いようのない老女からは想像できない。

――またそんな昔の話もち出して。次にはあんたはまわらぬ舌で子守歌をうたってターちゃんの守りをしたっていうんでしょ。近所の評判だったたってね。何回もくり返しきかされた話よね。ほら、のぼせるわよこれ以上入ってると。さあ、お次はシャンプーでえす。

ちんまりとタイル貼りの上に坐って頭を下げたさわ。正子は湯をかけてシャンプーをふりかける。心もとないほど毛が柔らかく少い。後頭部はこりこりと固く形のよい小さな頭。

――年をとると髪も汚れないんだよ、ね、ずい分洗わなかったけどきれいだろ。

シャンプーの泡が立たないほど汚れているが、正子はきれいきれい、と相槌を打つ。これではきれいというわけにはいかないでしょ、やっぱり汚れてるよ。と言いたいが、それを言えばさわの自尊心を傷つける。どっちだってよいことだ、洗ったあとではどっちにしろきれいになる。

さわは肌着も自分のはどうしてか汚れないたちだとよく口にする。わたしのはいつも洗う必要がないと思うほどきれいなんだよ、それにひきかえ、武のはいくら洗っても薄ねずみ色になってしまってきれいにならない、不思議だね。

懸命に下を向いているのに、さわはくぐもった声を出して喋っている。

――眼のところ、しっかり抑えててね。

きゅっとしぼりあげたタオルをさわの顔に当てがいながら、かつては正子がさわから同じことをされたのをなつかしく思い出す。泡だらけになった頭をこすりながら、正子はさわの躰をまるごと抱えこんでしまいたい衝動を覚える。さわが背を丸め小さく縮こまっているこの姿勢、そのままそっくり膝の上にのせられそうだ。ご機嫌のよいときに口をついて出てくるカチューシャ可愛いや……をもぐもぐハミングし、首でリズムをとっているさわ。

――さあ、お耳を拭いて終り。

かつて正子が幼かったときの母さわの声色になっている。

――極楽、極楽、極楽往生。

どこで、いつ、身につけたかと思うほどの楽天性を備えているさわである。なかなかのひょうけぶりで、無邪気そのものである。今も眼をくるくるやったあと、舌を出してみせ、それから片眼までつむってみせた。

――ついでに躰も洗っちゃおう。わけないよ。かあさん可愛くなっちゃったから。ウインクなんか、いつ覚えたのよ。

フフ、と笑って、年をとると赤ちゃんに還るっていうからね、とアワワと手を叩いてみせたあと、神妙に、背中だけおねがいしますかね、と、タオルたわしに石鹸をすりこみ正子に手渡し、さわは背を向ける。まろやかな曲線を描いているのに、ごつごつした背中。姿勢のよかった面影はどこにもない彎曲ぶりだ。

この変形の仕方はさわが背負ってきた人生そのものに見える。湯をおもいきりよく何杯も背にかける。湯をかけながら、いつの間にか自分の頬に流れていた涙に気づき、正子はそれをきつく拭った。

丸く蹲くまったさわの背から、もうひとつの背中が連想された。

さわが入院し、始めてさわと切り離された武の最初の夜の姿だ。


——消してもいいのね。

と手振りできいたとき、夜具の中から顔だけだして武は頷いていた。一時的なものであってくれればよいが、ほんとうに耳がきこえなくなってしまったのだとしたら、それでなくても扱いにくい武と、どう暮らしていったらよいのだろう。

武が漸く眠る気になって眼を閉じたのを見届け、ほっとした思いで正子は部屋の明りを消した。玄関と台所を兼ねた板の間に出てパジャマに着替え、どこからともない薄明りを頼りに足を滑らしながら部屋に戻ろうとして、正子は思わず後ずさりした。

武が起きあがって呻いている。苦しがっているのではない何か恍惚境にいる気配。背中をまるめて蹲くまり、それがリズムをもって揺れている。蛍光灯の紐を引っぱろうとして、手が空を泳いだが、そのまま手を下ろす。明りをつけることに躊躇されるものがある。逃げもならず息を殺して、正子は武の隣に敷いた自分の夜具にいき、そっと坐った。

――かあさんのぼうきがなおりますように、かみさま、かあさんのぼうき、はやくなおしてくらさい。ああ、かみさま、かみさまあ。

呻き声と思ったが、実は武の祈りの声だった。それは力がこもって必死なのだ。たどたどしいが真剣な祈りはくり返し続く。暗い中で武は一層黒い塊りになってしまった。力をこめるためにますますしっかり丸くなり揺らいでいる。

正子など眼中にない。無我の境地になっている。

正子は夜具の中に入り思わず頭から蒲団をかぶった。武の合掌の姿が追ってくる。祈りの声は止まず続く。

武に祈る習慣などない。さわは武のために神や仏にすがりお百度参りもしたが、知恵遅れはそのままになった。さわはそれ以後、武を人並にしてくれなかったことで神を恨みはしたが、祈るために神の名を口にしたことはない。武を育てる過程でいろいろな宗教から折伏されたが動じなかった、と自慢するさわと一緒に暮していた武なのだ。

武は一心に祈り続けたあと、大きなため息をひとつした。と、突然中止し、もぞもぞと夜具にもぐりこんだ。

急にやってきた静寂に正子がいたたまれなくなったとき、武は鼾をかき始めた。さわと寸分たがわぬ鼾ではないか。むれたぬくもりある鼾だ。

正子はいつの間にか武と同じ形になって蒲団の上に蹲っていた。が、合掌していないし、祈ってもいない。ただ武の姿に深く心を動かされ、ぼうっとしていた。


その日の夕方、付添う人がいないさわを、正子は完全看護の病院を探して入院させてきたのだ。胃潰瘍の手術をするということになっているが、ほんとうは手遅れの癌なのだ。

さわの入院に、武、正子、弘がついていった。弘は武を待合室より先には連れていこうとしなかった。病室までみなで行くことはない。じゃ、私もここにいるわ、と正子は言ってみたが無視された。弘の気持に添うことが巧みなさわは、病院は広いから迷子になっては大変だからね、と武に言いきかせている。

――お前はここを動いちゃいけないよ。かあさんの言うことをきかないと、かあさんの病気は治らなくなっちゃうんだからね。それに、かあさんが退院するまで、弘のところにお前はお世話になることになったからね。わかってるだろ、大人しくしていなくっちゃいけないんだよ。

武は怯えた顔をして、唾をのみこみ、こくんと頷いた。この椅子に腰かけてじっとしているんだよ。と言われた通り、武は躰を硬直させ胸を張って坐った。両手をきちんと膝の上に揃えている。口はへの字になっている。

弘に対して、へつらう形をとって心得顔をするのはさわの身についている。武も同様なのだ。

正子はさわの肩を揺さぶり、それはちがう、と言ってやりたくなるのが常だった。

――かあさんが、なぜ弘に申し訳ながるのよ。ターちゃんが人並でないのは、かあさんのせいでもターちゃんのせいでもないでしょ、卑屈になんかならないでよ。

――そんなこと言ったって、大きな顔はできないよ。

それが武と生きる知恵だ、といった顔をさわはする。

――あんたにはわかりはしないよ。あんたはターちゃんを生んだわけでも育てたわけでもないからね。

現に何度かそういうやりとりをした。が、余計なことは言うな、というさわの強さに正子は引き下がった。

育てるだけでも精一杯だったんでしょうけど、それに付け加えるものを、大切な何かを忘れたんじゃない、かあさんは。ターちゃんが持っていたかも知れない可能性にあと押しすることもしないで、足をひっぱったかも知れないのに……。と喉に出かかりながら、黙してしまった正子だった。あんな女に負けやしなかった、と洩らすさわは、自分の不幸の根を武にみているのかも知れない。それが武の存在を弘に向けたとき、こんな兄貴がいて済まない、になるのだろう。夫からだけではなく弘からまで棄てられたら。さわはつい無自覚に息子にへつらってしまうらしい。

ながい間に、さわと弘から自在に操られる武になっていた。歯がゆく思いながら、正子には流れを変えられなかった。

今日は何やら、それが無性に腹立たしい。

正子はわざと武の待つ待合室に何度も足を運んだ。武とは関わりがない人になりたがっている弘やさわの眼の前に武を引っぱっていきたい。武の手をぐいぐいと引いて病院中を歩きたい。さわのあの元気さは今日を最後に見られなくなってしまうかも知れないのだ。武にだって元気な母親をじっくり味わう時間を与えたい。

これから一週間は検査が続く。これまで病院と縁のなかったさわだから病院そのものに怯えている。弘の言うなりになっていないと大変なことになると思っている。

さわは自分の身の廻りのものを自分の手で整えた。正子の手を借りない。さわは、ロッカーにはあれ、ここにはこれ、と口の中で呟きながら、自分のベッドにつけられた名札を何度も確かめた。非常口も弘と行って確かめ安心したのか、漸くゆかたをきてベッドにあがった。のりの効きすぎで、裃のように肩のいかったゆかたの中にかしこまったさわは、急に病人らしくなった。

さわはゆかたのしわばむ音をさせて横たわったが、すぐおずおずと首を立て、周りを見廻した、と思うと、ごわごわと、裃と共に躰を起こし、急にしょげこんだ。

――周りの人に悪かないかね。わたしゃ鼾が大きいだろ。正子はかあさんの鼾なんか子守歌みたいなもんで気にならないって言うけど、ターちゃんにはいつも文句を言われるんだよ。うるさくって眠れないというのが口癖だからねえ。

――大丈夫さ。みんな似たり寄ったりさ。歯ぎしりをしたり、寝言を言ったりするのがいるからね。八人ともなれば賑やかなもんさ。それよりもベッドから落ちないようにしろよ。こんな高いところで寝たことないかあさんだから。

弘はさわの肩にやさしく手をおいた。男にしてはほっそりした白い手が、いたわるようにさわの背をいつまでも撫でていた。

正子は自分の手を広げて眺めた。ずんぐりした寸づまりの指はさわゆずりだ。

この五本の指を並べてさわの背を撫でたとしたら、なんだあんたか、いいよ、そんなことしなくても、と邪険に言うだろう。

弘がいるとさわは正子に冷淡になる。正子は弘の前でひっこみのつかない思いにさせられることがよくある。さわがそのことによって弘を大切にしているという証をみせられるのなら、それはそれでよいと正子は思うようにしてきた。

さわは夫に似た弘からやさしくされたくてならないのだ。正子はいつの間にかさわの気持を読んだ気になっている。

弘が看護婦を連れてきた。子供用に使う補助柵がとりつけられた。

——これで大丈夫だ。安心して寝なよ。遠慮なく往復鼾をかいてさ。遠慮して片道鼾になっちゃかあさんらしくなくなるからな。

さわは、ベビーサークルみたいだね、と柵を撫ぜ廻す。

弘はさわの眼にこたえて、細やかに気を使っている。正子はわざと気のきかない姉として振る舞う。

面会の時間が終ろうとしていた。

——ターちゃんをここへ連れてこようか。

正子はさわに言った。さわは弘に遠慮してか知らんぷりを決めこんでいる。正子はさらに問う。ふん、余計なことを、とでも言いたいのをこらえたのか、

——毎日毎日見てきた顔だよ。見飽きたよ。

と言った。さわは武と関わりのない人になって病院の人となった。

病院を出ると、弘の物腰の柔らかさが消えた。何か構えた冷たさが漂う。

――看護婦が、たまには見舞いに来てあげてくださいだとよ。まるでおれたちが、うば捨て山におふくろ捨てに来たように言ってんのさ。

吐き出されたその声は冷え冷えとしていた。

完全看護の病院を探したことが、後めたさになっていた正子は、小石を蹴飛ばした。

癌だというのに、まるで気がついていないさわ。そんなさわにいたたまれず一刻も早く逃れたかったのに加え、もう先がない老女ばかりを寄せ集めたような病室の陰惨さ。それは老いも、病も、こうしてあたり前に行く手に待っているよ、という警告を発しているように正子には感じられた。

正子は小石をみつけ、また靴の先でこづいた。こづき足りずに追いかけ、それを靴の下にねじこむ。

病室を出てその息苦しさを吐き出す間もなく、とりつくしまのない弘の態度に触れ、その上、そうした言葉の追い打ちだ。

――かあさんの生涯はあんまり不幸すぎて腹立つよな。あげくの果てにこんな病気になってしまうしさ。かあさんの弟も不幸な人だったらしいな、かあさんと父親が違ってたって言うだろ。弟が生きられなかった分、長生きしなきゃ、ってかあさん言ってたけど、何も、叔父貴が生きていたら背負うだろう不幸の分け前まで、しょいこまなくたっていいじゃないかよなあ。

無口な弘が、いつになく饒舌だ。よほど腹に据えかねているのだ。正子に語りかけているというよりも、腹立ちを自分に向け攻撃している。が、叔父の父親がどうのこうのという話は正子はかつてさわの口からきいたこともない。娘の正子に話さないことも、息子の弘には話していたさわなのか。正子は頷けるような頷けない思いになって、背筋をざわざわさせながらバス停に佇んでいた。弘も武も同じ方向をみて並んで立っているのに、正子は独り霧の中に立つ思いだった。全身がじっとり濡れていくのを感じていた。乾ききって、風のある日なのに。

病院の前から弘と正子は方向の違うバスに乗る。弘の乗るバスが先に来た。

――じゃ、ターちゃんを頼みます。うちは奥さんが強くってさ。子供の手もかかるときだし、ちょっとターちゃんを連れては帰れないのよ。

武はにっこりして弘に手を振った。バイバイと声まではりあげた。

弘に向ける武の愛想のよさに圧倒される。さわが弘にへつらうさまとあまりにもよく似ている。

弘の立ち去りようと、武の仕草に唖然として正子は立ち尽す。

ややあって、まだ笑顔の名残りをとどめた武の機嫌のよい顔を隣に見出した正子は、無性に腹が立ってくる。

武の無邪気な顔に、にっこり笑うどころじゃないでしょ、泣きべそをかいて弘にしがみつくべきだったのよ、と言ってやりたくなるが、すうっと気持が萎えていく。


遠い昔、正子と一緒にくらげの水槽の前に佇んでいた叔父は、弘の記憶にないはずだ。それなのに叔父へのよき理解者のような口ぶりだった。ありし日の叔父の姿が急に近づいて傍に立つ。兵隊に行く前、まだ嫁さんを貰っていない、早稲田の帽子をかぶっている叔父だ。水の母、海の月、と字を書いてくれた叔父しか正子は知らない。それでも、叔父は正子ののので弘が軽く口にしてはならない人なのだ。どうしてか、正子は年甲斐もなく弘の口にしたことに拘《こだわ》った。

祖母が父親の違う子を生んだ、それはこれまで知らずにいた事柄なのだから、忘れたい、忘れなければ、と正子は自分に言いきかせた。そのくせ、くらげのことを、海の月、水の母と正子に教えたあとの叔父が、たしか、捉えどころがない、というようなことを呟いたのを思い出す。叔父にしても弘にしても、もしかしたら、男に共通の何やらはぐらかされたような淋しい思いを、母親にか女にかに向けざるを得ない思いを抱いているのかも知れない。正子自身だって、別れてしまった夫にそういう思いを抱かせているのかも知れないのだ。叔父の面影がすうっと消えた。

過ぎた日のことより、一体明日から正子はどうしたらよいのかわからない。今、武と二人で立っているが、この現実にどう対処してよいのか。

弘は三十近くまでさわと暮らしていた。月々僅かばかりをさわに渡すだけで、殿様みたいに君臨して、さわは君主に仕えるように弘に尽した。一つ屋根で暮らす正子夫婦に依存していたのだから、正子は夫の手前恥ずかしかった。が、今では弘は二児の父親なのだ。今まで武をうとんじてきた弘だが、子の親ともなれば武をあずかる気にもなるのか、と正子は理解したのだった。然し、その反対だ。女房もいて、その背景もあれば、そちらへの思惑もあろう。精薄の兄の存在を眼のあたりにおきたくはないのだ。弘の立場はより厳しくなったのだ。バスに乗りこむときのひょろ長い弘の後姿は、前よりも細くなっていたではないか。

バスから乗りついだ電車には、ひとつだけ空席があった。武に坐るように促すと、急に武はすっとん狂な声をあげた。

――正子が坐りなよう、妹なんだから。

乗客が一斉にこちらを向く。武は胸をそらせ威張っている。その武より首ほど丈のある正子は、思わず腰を下ろしていた。妹らしい従順さにおかしくなる。武は衆目の中でまた声をあげる。

――あッ、いたたッ、いたいなあ。いたい。

よろけながら、片足を持ちあげて、ズボンの上からふくらはぎを撫でる。周囲に誰もいないし、ぶつかったわけでもない。正子があっけにとられているうちに、隣に坐っていた中年の男が思わずというように立ちあがり、武に席をゆずった。立ちそびれたまま正子は頭を下げる。

人々の眼の放射を受け、正子は俯き、武は涼しい顔をして得意気だ。色白の武は、上気して頬をピンクに染めている。この武の演技力は一体どこで身につけたというのだろう。

そんなふうに電車に揺られ、正子のアパートに着いたときは、動くのが億劫になるほどの疲れを覚えていた。が、武の人並以上の食欲にはまったがないのを思い、冷蔵庫の中のものをかき集め、何とか食事を整えた。用意してみると正子もいつになく食欲にかられた。小さな卓袱台に向き合う相手がいることに刺激されてなのか、弘への腹立ちなのか、病気になってしまったさわへの恨みなのか、正子はばりばり音させてたくあんを口に放りこんでいた。

食欲を満たされた武は無心にテレビを見ている。ボリュームをあげすぎだ。子供番組だ。正子は近所迷惑だと、何回も音量をしぼる。

——きこえないよう。

をくり返す。武は三白眼になり正子を睨む。

——おふろよ。お、ふ、ろ。

と大きな声で呼びかけたが、武は気がつかない。まるで聞こえていない。

正子が離婚し実家を去り、弘も世帯をもち別の所に居を構えたあと、さわと武は二人ぐらしだった。二人を引きとる目安のつかない正子はせめても、と足しげく実家通いをしていたが、今日まで武の耳が遠いのは知らなかった。武の耳は急に聞こえなくなったのだろうか。さわと引き離されたことに関係があるのだろうか。さわがいないショックででもあるのか。

あんたはいくつになっても馬鹿だねえ。武は一途なところがあるだけだよ。耳が遠いのなんのって言ったって、放っときゃ治るさ。いつだったかねえ。見えない、何も見えないよって言ってたことあったよ。人の気を引きたくなると、見えなくもきこえなくもなるのさ。

さわの声が聞こえた気がして、正子は耳をそばだてた。

正子は、武と膝を突き合わせて坐った。手ぶりを混えて話かけることをくり返した。さわと別になって暮らしたことのない武の戸惑いと淋しさに徹底的につき合おうとした。武はよほど嬉しいのか、すっとん狂な声をはりあげてのお喋りを始めた。武の声は普段でも異常に高いのだ。正子もいつの間にか賑やかな気分になって、とりとめのない会話を愉しんでいた。武の耳は治っていた。武の顔に必死な思いが現れ、力を入れた話し方になる。

――かあさんのぼうき、なおるまえに、ボクはうちへかえるよ。

――ターちゃんは、かあさんの病気が治ってから帰るのよ。退院するのをみんなで迎えに行ってからね。

――ちがう、ちがう。ぼうきなおるまえじゃないとだめなのう。

なぜさわが退院する前に、誰もいない家へ帰りたがるのか、話をすればするほど、武と正子の間はこんぐらがる。

――あんしんしていられるかよう。正子のことなんかしんじられないからな。ぼうきなおったときではまにあわないのう。

たけしの声は次第に険しく悲しくなっていく。さわがいない家をきれいに掃除する。毎日しなければいけない。そうしないと病気が治らないというのだ。武は頑固な塊りである。

――かあさん、ぼうきだから、きれいにねるよ。

きれいに掃除したところにさわを寝かせたい、が武の一念である。頑固に徹して後に引かない武に、正子は途方にくれた。弘やさわだったら一言か二言、厳しいもの言いをすれば済むだろう。武は弘の顔色を見ながら、わかったわかった、わかりました、とにこにこしてみせるにちがいない。

夜具を整えると、今度は自分の枕がないから眠れない、と言い出した。枕にかこつけて、自分の家以外で寝たことのない不安を訴えたのだ、と解釈するまでにしばらく時間がかかった。不安を不機嫌さにすり変え、我儘を言い始めたのだ。普通の枕では駄目だと言い張るので、バスタオルを畳んで枕替りにしてみたり、坐布団にタオルをあてがってみたりしたが、承知しない。結局、武が身につけていたものを風呂敷で包んでみたら、漸く満足した。枕元にハブラシ、タオルをきちんと並べた。すべて自分のものは身近において、何度も点検していた。これを使ったあとにこれ、とぶつぶつ言いながら順序を並べ替えている。頑固に執着し続ける姿。

――武が先に死んでくれなければ、わたしゃ死ぬにも死ねないよ。お前はもっと早くにさっさと死んでしまえばよかったのさ。

さわがそれを口にすると、武はすかさず、

――ボクがいないと、かあさんはこまるんだよう。しょうがないかあさんだなあ。こまるよう、まったくう。

このやりとりはいつから続いていたのか。寸分たがわず同じ言葉をくり返し言い返す武に、さわもお前なんかいない方がいいんだよと言い張る。勝負がいつついて、どういうふうに終ったのだったか。

夫に去られてから諦めだけを重ねて生きてきたさわは、老人の医療は無料という年齢になってからはじめての病気で入院する羽目になった。武と一対で生きてきて、いま漸く一人になって休息のときをもったのかも知れない。これまでさわに休息の日はなかったのだ。

——あの戦災の日に、なんで武と一緒に死んでしまわなかったんだろうね。何も生きのびることなんかなかったんだよ。死んでしまった方がよっぽど仕合せだったのさ。

いつそれを口にしたのだったか、正子には忘れられない言葉になっている。さわが充分休息をとって元気になったら、

——生きていてよかったよ。

と思わず口にして欲しい。その言葉を正子はこの耳にききたい。

正子は自分の手がしっかり合わされているのに気がつく。慌ててあたりを見廻した。薄ぼんやりした闇が漂っているだけだった。

さわの病気をどれだけ心配していたにしろ、現実には武を傍においてのこれからのことの方がそれを上廻っている。そのことの方にこそ心を砕いている自分は、何のために生き合わせているのか、すうっと身を引いてしまいたい恥かしさだけが残る。

正子はさわにかかり切って、一週間近く勤めを休んでいる。仕事がたまっている。いやな顔をする店主に言訳しながら、顔を合わせるのかと思うと、明日からのことも気にかかる。武のまるくなって祈る姿を真似ていながら、自身はいろいろの雑念に追いまわされているだけなのだ、と、がっかりして正子は横になる。

武の鼾が羨ましい。さわを思う純粋さも羨ましい。

正子は何かにしがみつきたい。

さわは癌なのだ。

武には知らせていないのに、事の重大さを武は察知しているのかも知れない。それだからこそ、あのように無心に神に祈れたのだ。

正子の腕は胸を抱えこみ、手は両肩をしっかり掴んでいる。両足は縮められ、腹に押しつけ、正子は自分自身にしがみついている。

さわのかと思うような武の鼾は相変らず続いている。

しばらくの間、さわの代りに正子と武は一対だ。もしかしたら、このままずっとそうなってしまうかも知れないのだ。

さわが武に言い含めるようには正子にはできない。さわが弘を重んじはしても、正子に向けてそうしていなかったのを武は知っている。その武が正子には手ごわい。武をおいて仕事に出たら、武はさわを求めて出ていってしまうかも知れない。掃除をしなければの一念で家をめざして、乗りものでも二時間余りはかかる道のりを歩いて行くこともしかねない。

その昔、さわが武をおいて泊りがけで出かけたことがある。その際武はさわを追って目的地に向って線路の上を何時間も歩いていたことがあるのだ。

やはり仕事先に武を連れていこう。倉庫の隅にでも大人しく待っていてくれるとよいが。あそこにはテレビもあるし、高校野球のシーズンだし観戦していれば、時は経つ。明日になってから、そのことは考えよう。

正子は眼を閉じた。武の鼾に重ねて正子も鼾をかいてみる。さわは病院のベッドで往復鼾をかいているだろうか。弘も今頃、さわに思いを馳せているかも知れない。

さわの鼾は気にならなかった正子だが、さわとそっくりな武の鼾は正子を寝かせてくれない。武はすっかりさわ仕込みの人間だ。さわがこんな具合に武にいろいろ仕込んだように、いつの間にか正子もさわに仕込まれた気がする。

武は落ちつくところに落ちつくのさ。わたしが指示したのではないよ。あんたたちでよいように取りはからってくれたんだからねえ。

さわは弘が武を連れていかないことは、とうに知っていたというふうに眼を細めてみせるだろう。こういう日がやってくることを、正子も承知していた気がする。この日のために離婚もしたのだと思えてくる。

正子は眠れないまま朝を迎えた。何も決めていなかったのに、まるで昨夜から予定していたかのように、武を急かし、身支度と朝食をすますと、武を連れ、ラッシュになる前の電車に乗りこんだ。武のためのおやつをコンビニエンスストアで買い、武にそれを持たせた。それに最近ではあまりやらなくなっていたが、武が編物が好きなのを思い出したのは成功だった。棒針二本でのガーター編みに限るのだが、それを与えておけば、我を忘れて打ちこむので時間をもてあまさなくてすむのだ。押入れの中をかきまわして、残り毛糸の玉と竹の棒針をバッグに入れてきた。電車の中で編み出しの目を作り、武が編み易くなるところまでを、と正子が編みすすめていると、もうそこからならボクだってやれるよ、と武の気持は電車を降りたらその仕事をするのだという意気込みに満ちてきている。ほかの一切のことは眼中になくなっている。

正子が店主に欠勤の詫びを言い、武を連れてきた理由を話して、倉庫の隅を少し提供してもらえないか、と交渉している間ももどかしい武の張り切りようである。すっかり忘れていた武の特技を思い出せたことで命拾いができた、と正子は胸を撫でおろした。

――温和な男性というところね。

といつもは気難しい女主人なのに今日は納得が早い。

——まかしときなさい。あんたに仕事してもらうためだからね。何しろ待ってたのよあんたが出てくるの。他の子たちときたら何人いても役立たずってところでね。たっぷり仕事が待ってるわよ。さっ。きまった。仕事、仕事。

武のことが気になりながらも、たまりにたまった仕事に追われているうちに、またたく間に時間は過ぎた。昼休みもとうに過ぎた頃になって、武のいる倉庫に飛んで行った正子は、そっとドアを押し開け中を覗き、目を丸くした。

なんと武は赤子をおぶって、せっせっと編み物をしているではないか。正子は自分の眼を疑った。背中の子は、生後六ヵ月ぐらいだろうか、武の背に頬を寄せてすやすやと心地よげに眠っている。二、三センチだけを編んで渡したガーター編みは三、四十センチ以上にも編みすすめられている。虹色の帯になって。残り毛糸を集めて繋いでおいたものが、思いもよらない美しさになって武の指先から流れ落ちているのだ。小さな窓から光を受けてその帯は輝き、正子には武が虹に包まれ揺れているかに見える。たしかに、武は赤子のために躰を揺らし小声で子守歌を口ずさんでいる。子守が板についているというか。赤子をゆすりあげる仕草と指先のリズムの調和も自然だ。

正子がぼうっと立ち尽して見ているのにも気がつかない武。正子は声も出ない。

老女がすっと隣に立った。緑のゴム手袋で手招きして、廊下の奥に正子を誘う。このビルの掃除婦をしている者だという。最近ここで働くようになったばかりなのに、嫁の具合が急に悪くなって、孫の守りをする羽目になり、休ませてもらうしかないので、それを言いに来て、その物置きの前で管理人と話していたら、中から武が顔を出し、おんぶしてあげる、と、しきりに言ったという。何が何だか始めはわけがわからなかったが、洋装店のママが通りかかって、やらせてみな、私がときどき様子みに来るから、と言ってくれたのだという。事の成行きを話しながらも、恐縮しきりの人の好さそうな老女。

人見知りが強く、母親以外は誰にもなじまずに手こずる赤ん坊が、武には最初からなついた。ほんとうに助けられて、こちらでも急に私に休まれちゃ困るって言われて、途方にくれてたんですよ。

老女にたっぷり礼を言われ、正子はくすぐったい。さわがよく口にする、捨てる神あらば拾う神ありだよ、の言葉を思い出していた。そして、明日は明日の風が吹く、のさわのとぼけた口調も甦える。

さわのぴらぴらの皮膚の感触と彎曲した背中から、何とさまざまの思いの中に曳きずりこまれたことか。武より先に死ねないというさわの思いは叶い、病後も武と一対の生活は続いている。さわがこうして生き続けているのは執念としか言いようがない。あの手術でまぎれもない癌に侵された胃はまるごと抜きとられた。まるで月面のクレーターのように、ぼこぼこと癌に浸食されている胃の断片を見せられたときは、退院の日が来るとはとても思えなかった。転移していないはずはないので……執刀医の言葉が耳に残った。

四ヵ月後の退院の日、弘はワゴン車をレンタルしてさわを迎えにきた。丁寧に布団が敷きこんであり、さわは寝たまま弘の家に運ばれて行った。姉ちゃんにはターちゃん頼むしかないから、おふくろはしばらく家であずかるよ、と言いおいて去った。正子は思わず弘の後姿に手を合わせていた。

その夜、遅くなって弘から電話が入った。

――無理なんだよ、うちでは。明日、おふくろの家へ連れていくから。

――何かあったの、どうしたの。急にそんなこと言われたって。

険しい物言いだけは伝わってくるが、理由もわからないまま、電話は一方的に切られた。

二、三日考えさせて、仕事のこともあるし……。漸くその言葉を用意して追いすがる思いで、折返し電話した正子の耳に、

――困るんだよなあ、電話の音で赤ん坊が起きちゃうし、用があるときはこっちからかけるから電話してこないでよ。

正子に言葉を与えず電話は切られた。

武に耳の痛いほど言われながら、さわを見舞うのが精一杯でとうとう実家へは一度も掃除に行っていない。もともと弘にいつまでもさわをあずかってもらう気は正子にはなかった。武と三人でくらせるアパートに移るか、無理でも実家から仕事に通うかの心づもりはしていたのだから……。正子はまんじりともせず朝を迎えた。

一番電車に乗り、朝もやが立っている道を武の手を引っ張って実家に辿りつくと、さわはすでにいた。まるで荷物かなんぞのように玄関の上り框に置かれていた。弘も勤めの関係で家を出るのが早く、その時さわを連れてこなければ時間もとれないのだろうが、間違いなく正子も早くやってくることを読んでいる。

さわは入院するときの大きなボストンバッグやダンボールに挟まれるようにして、ちんまりと折れ曲って坐っていた。ただひたすら玄関の戸の開くのを待っていたのだろう。鍵のかかっていない引戸を開けた途端、鎌首をもたげるようにしたさわの落ちくぼんだ眼とぶつかったのだから。

――かあさん。ああ、かあさん一体どうなってるの。

――今来たところだよ。弘の嫁さんもよくしてくれてね。ほら、何だかんだって家にあるものつめてくれて、こんなに。

折れ曲った上半身を立て直し、嬉しそうにビニール袋を叩いてみせる。玉ねぎやじゃが芋

が入っている袋に、武も手を添えて、

――ほんとうに親切だねえ。

歯まで見せて笑う。

――かあさん、ともかく横にならなくっちゃ、今、布団敷くからね。

雨戸をあけ、一部屋だけ急いで畳を空ぶきする。武は敷居の上に立って、

――だから言ったじゃあないか。ボクが家をきれいにしておくって。だめなんだよなあ。こまったもんだ。ほんとにこまるよう。

正子の動き廻る後を追いながら、武はしきりに文句を並べ立てる。

よたよたと歩くさわを支えて、しけった匂いのする夜具に休ませる。思ったよりさわの元気なのにほっとしながら、昨夜からの狐につままれた思いからは逃れられない。

――せっかく、弘が面倒をみてくれようとしたのに、あんた、ことわったんだろ。何だか知らないけど、遅くに電話してきて、弘怒ってたじゃないか、あんた何を言ったの。

――何のこと。

――嫁さんもよくしてくれて、孫もばあちゃんばあちゃんってなついてくれたのにさ、あんたはすぐ余計なことをするねえ。

見当ちがいも甚だしいと思いながら、それを上まわってさわが痛々しく思え、そのさわを

見ていられず、発する言葉も見付からない。

正子は黙って掃除をするだけだった。

近いところに住んでいるのに、弘はそれきり訪ねてこない。正子も電話をかけない。さわは荷物のように運ばれて、もとの場所に戻った。

すっかり湯にあてられた二人は、銭湯の暖簾を分けて出た。湯あがりのほてった頬を夜風にさらしながら、手には焼きとりの包みも忘れない。空を見あげると、明日は雨になるのか、滲んだ月がぼんやりと光っていた。

それは暗い水の中に浮かんだ老いたくらげのようだった。

無花果

何回やってもうまくひっかからない。ようやく輪ができたと思い根元の部分を絞めにかかるのだが、するりと抜けてしまう。

わたしの口には自分の髪の毛が二本くわえられている。その二本をしっかり捩り合わせたつもりだが、また一本一本が勝手な方向へと離れてしまっている。

この髪の毛は自分の意志をもっていて、わたしのしている行為に逆らおうとしているのかも知れない。丸い白い根をつけたまま抜かれた髪の毛が扱いにくければ扱いにくいほど、ますますあとへは引けない思いを掻き立てられる。額には汗が滲み、眼が霞んでくる。意地になって二本の髪の毛を操り始めてから、どのくらいの時がたったのだろう。とうとう少しばかりくびれたところに三回捲きつけることができた。ここまでは今までにも何回かできたのだから、これからが慎重でなければならない。きつく玉結びをして終った。

口の中に、上下の歯で食いちぎられた毛がざらついて残った。髪の毛を引っ張り損ねると、歯のところで切れるか、伸び切った途中でぷつんと切れてしまうかした。途中で切れた毛はゆるい螺旋状になって、何本も畳の上に落ちている。

この作業をする前に沢山の眼がわたしを凝視つめていた。しかも刺すようにだ。落ち着けるはずがない。それにしてもそれはもしかするとたったひとつの眼だったかも知れない。どちらにしても、誰という特定の人の眼としては繋がらない。赤子の父親の眼でもなく、東京大空襲の日に爛れて死んでいった父母の眼でもない。ましてやこの赤子を取り上げた産婆の眼でもなかった。

この指のことを知っているとしたら、わたしとあの産婆だけだが、産婆は知っていて黙っていたのか、まるで気がつきもしなかったのか、何も言わなかった。

口数の少ない産婆は、空襲を何度もくぐり抜け、奇跡的に助かった人だ。多くの死をみたあとで、逃げまどわなくてもよい時代を迎え、安心して赤子をとりあげられるのが嬉しい、と言っていたから、新たな生命を手にした喜びでいっぱいだったのだ。気がつきようがなかったろう。

敗戦の後の復興は遅れた。このあたりは電灯はぶらさがっていても、送電されてはいなかった。ロウソクの灯りで出産をした。夕暮れも迫ってから産気づき生まれたので夕子と名付けた。

夕子に対してわたしがこれからすることを見抜いていて、それを見届けるため待ち構えている眼だった。その眼がすうっと尾を引いて消え去ったのは真夜中だ。わたしがじっと耐えて目指していた時間である。わたしを突き刺す眼が弱まるか、わたしの神経が参るか真夜中までの根くらべだった。

夕子の枕元にべたっと尻をつけて俯せの恰好で這いつくばり、どのくらいの時を過ごしたのか、わたしはとうとうやり終えた。

夕子の左手をわたしは両手で包み込み、たまっていた息を吐いた。しばらく祈る形になって蹲っていたが、急に慌ただしくその手を包帯で包み始める。眼を背けながらそれをした。わたしは自分の眼からも隠してしまわねばという衝動に駆られ、幾重にもぐるぐると包帯を巻く。布団の中に押し込んでその上から抑える。そのあとで、またそっと布団を持ち上げてみる。

夕子はいつも両手を握りこぶしにして、腕を折り、何かを肩にかついでいる形をとっている。夕子にとっての自然なその状態はつかのま奪われていたことになる。わたしの手から解放された左手は、布団の中でいつもの状態に戻っていた。てんぼうになった白い固まりで、やはり何かをかついでいる形だ。

わたしがその指に気がついたのは、産婆が産湯をつかわせにきていた一週間が過ぎ、怖る怖る自分で産湯をつかわせたときだった。

——一人でなにもかもやるのは大変だけど、このご時世だからしょうがないわね。遅かれ早かれ母親になった以上自分でするしかないんだから……。

こまごました注意をすると、予定通りの日数で産婆は切り上げていった。

両親を失ったあと、頼れるはずの夫がいち早く復員してきながら、ほっとする間もなく死亡したのだ、と言ったわたしの話を本当にしたかどうかわからないが、産婆は同情を示しながらも余計な感情をさしはさまなかった。

——夕子ちゃんを見てもらいたい父ちゃんがいないのでは困りましたねえ。

返事するはずのない赤子の夕子に話しかけながら、わたしは手縫いの粗末な産着をぬがせにかかる。

盥の中に夕子を浮かせた。緊張のあまり頬がひきつる。溺れさせてはならない、耳に水を入れてはならない。小さな夕子はぶよぶよして扱いにくい。人間の形こそしているが、蛙のように手足を屈伸させる夕子は、可愛いなどとはほど遠い不気味な生きものだ。ろくに眼を開けようともしない。いつも重たげに瞼を閉じていた。わたしの両手は、つっぱったまま湯の中に夕子を捧げもち、漸く浮かせている。湯の中では思ったより夕子は軽い。だから余計動きがとれない。

夕子がうっすらと眼をあけた。まだ見えないはずの瞳が、わたしを見てにっこり笑った。まだ眠っているか泣くことしか能のない夕子が、こんないい顔をしてみせた。わたしはふわりとした嬉しさに包まれる。わたしを母と思っていてくれる。急に勇気が湧いて大胆に動ける。

左手で夕子を抱え込み、わたしは自分の腕の付け根を盥の縁に固定させてみた。わたしの右手は自由になった。産婆が産湯をつかわせるときの姿勢もこんなだったと思い出す。わたしの右手は、薄いガーゼで夕子を隈なく洗う。ひと通り洗い終わる頃には余裕もできて、堅いこぶしを作っている夕子の手を少しずつ開きにかかる。夕子を脅えさせてはならない。ゆっくりした気持になることだ。指を一本一本と丁寧に洗う。右手は終わった。夕子は待っていたように、その手をこぶしにしてしまうと、腕を折り、肩に向ける。裸での思わぬ自由さに気がついたのかそのまま右手を口に持っていく。握りこぶしのまま口の中に入れてしまう勢いだ。口の中にそのこぶしが入るはずはない、が、懸命である。無理だとわかったのか、丸めた手の甲に唇を当て、音をたて吸い始める。半睡の状態で口だけ力強い動きをしている。唇と手の甲の接触を愉しんでいる夕子を見ながら、もう一方のこぶしをほどきにかかる。堅く握られた指をほどいていく。ゆっくりと。細くしなやかな小さな指たちは、意外な強いバネを隠しもち、開こうとするこちらの意志に逆らって握り戻そうとする。わたしはその力以上の力を出して一本ずつを洗う。何かが異様だ。まさか。一、二、三、四、五、型通りの五本の指は間違いなくある。左右対称としての五本の指だ。しかし余分だ。なにかが……。

何だ、いぼだ。

拇指の外側に小さないぼが付着している。生まれたての小さな巻貝。夕子の手に付着しているだけなのだ。何かの拍子でついたのだ。拇指の付け根にちょこんとしがみついているそれを、わたしはまじまじと見る。夕子の手首を握って振ってみる。強く振る。巻貝を振り落としてしまいたい。急に乱暴に扱われた夕子は顔いっぱいを口にして泣き始める。何と大きな口、何と醜い泣き顔。くしゃくしゃと皺をたくさん作って、その皺のひとつひとつに黄色い線が走る。

わたしは思わず邪慳になって夕子を湯から引き上げた。

湯につけられて余計ぐんにゃりとなってしまった夕子を、もう一度腹に押し戻せるものなら、わたしは一生妊婦で過ごしてもよい。強い力で抱きすぎたのか、夕子は妙な泣き声をあげる。息の根を止められる寸前のようなぎゅうといった声だ。

夕子の手は誰かに見られてしまったかも知れない。わたしは夕子の泣き声に脅え、まごつきながらおむつを当て産着を着せる。

夕子泣かないで。お前が泣くことはないじゃないか、泣きたいのはこっちなのに……

乳房を含ませると泣き止んだ。わたしは周囲に眼を配ってから、そっと、夕子の左手を産着の中から引き出した。

盥の湯の中で見てしまったものは嘘の出来事だ。もうもうと立ち上る湯気にあてられたことでのぼせあがってしまい、ありもしないものまで見えてしまったのだろう。きっとそうだ。変わったことのないようにと祈る思いで握っている指を開いていった。

しかし、それはあった。四本の指に堅く包み込まれた中に、拇指からはみ出した小さなものが、まだついていた。ピンクに輝いて、薄い爪をちゃんとつけた小さな小さな指である。わたしは吸い寄せられ、見入った。小さいが紛れもない指だ。

乳首にくいついている夕子を、品物を扱うかのように引き離し乱暴に置いて立つ。泣いている夕子を見下ろした。

思わず一歩一歩とわたしはあとずさりする。壁に押し戻されて立ち止まった。壁にぴたっと背をつけた。後ろ手にした両の掌も、壁に貼り付いた。強い力で壁を押した。壁が動いてくれたら、どこまでも押していくのに……。壁は弾力をもって、反対にわたしを夕子の方に弾いた。

——ちょっときてごらん。

その医師は手招きした。わたしが抱いている夕子の小さな手を取って。医師は誇らかな声をあげた。

——奇形だよ。よく診ておきなさい。これは表面に現れた奇形だが、これがあるということは内臓の方にも奇形があるということだから、注意しなければならない。

手招きされたインターンの若い医師たちは、珍しい動物を見物にきたという恰好で、わたしと夕子を取り巻いた。

急いで手術をすることもない、と言っている医師の声を聞き流して、わたしは人垣をくぐり抜けていた。ぎゃっと夕子が泣いたのは、きっと医師の手が、異常なほど強く夕子の手を握っていたせいだ。

夕子の手が、あの医師の手に、手首からもぎ取られ残されたのか、ピンクの巻貝だけが医師の指先につままれたままになったのか。

夕子の手から血が滴っているのだ。ちぎられてしまったところから血が噴き出して止まらない。だから夕子は火のついたように泣いているのだ。わたしは、血の流れていることが気になったが、かまわず走った。

気がついたとき、部屋の中央にぺたりと坐っていた。わたしの乳房に夕子が寄り目になって貼りつき、小さな唇は乳房にむしゃぶりついている。

わたしは抱いている腕の方の手でそっと夕子の手を握る。見るのが怖いわたしはあらぬ方に眼を向けたまま、もう一方の手で夕子の手を撫でてみる。濡れてはいない。血が流れた跡があるわけでもなさそうだ。わたしはおずおずと巻貝のありかを確かめようとしてためらい、夕子の小さな額に触れた。じっとり汗が滲み出ている。わたしは自分の額をその手で触ってみる。やはり濡れて熱くほてっていた。夕子の汗とわたしの汗で掌が燃えているように熱い。今、こうして小さな赤子の夕子と二人でいることが不思議だ。あまりに静かだ。乳くさい甘酸っぱい匂いに柔らかく包まれていく。乳白色の冷えた霧が漂い始めた。部屋の中にいるのに、深い森の中にいる心地だ。

森を引き寄せたのか、夕子と二人そっくりこのまま森にすっぽり抱きこまれてしまったのか。

疎開先で弟の孝雄を亡くし、さ迷ったときの情景とまるで同じだ。樹木に囲まれていたときの樹液の匂いまでする。

血の繋がったたった一人の人間だったのに、しかもこんな形で命を奪われて……。孝雄の未来を一体どうしてくれるのだ、あまりに幼なすぎないか、この身が消えた方がよかったのだ。わたしは見境いがなくなっていた。むきになってぐいぐい歩いていた。学童たちとたきぎ集めに来る見慣れた山路をとうに過ぎても、足は前に出るだけだった。ただ狂ったように歩き続けた。気がつくと深々とした山に囲まれた谷にいた。たしか太い蔦にしがみついたり、岩に爪を噛まれ血を出したりしながら、足場の悪い崖をのぼってきたのではなかったか。それなのにどうして今、こんな山に囲まれた谷に身を置いているのか解せなかった。降りようとか、滑り降りたとか、身に覚えのないまま低地にいる。狐につままれた思いだ。どのくらい歩いたのか時計なんかないのでわからない。葬いを出したのは昨日だった。もう孝雄はいないというのに、なんでこんなにあらゆるものが猛々しく生きていられるのだ。風が軀をなぶって過ぎた。風さえも命あるもののように、生きた息づかいをしているというのに、くるくるよく動く眼をした孝雄がどうして……。

傍の太い幹にわたしはもたれていた。ところどころに血が噴出しているわたしの掌に、樹のぬくもりが伝わってくる。

それからは、触れられる樹にはすべて触れながら歩いた。ひやりとした樹の肌、掌を吸い寄せて離してくれない木肌もあった。何十本何百本の樹に触れてきたろう。樹の種類や名にかまわず、次々と現れる木立ちに掴まっては離し、離しては掴まって歩いた。立ちはだかる大きな樹には抱きつき、樹が細ければ抱きしめた。樹がある限り、立ち続く限り、歩き続けられる。樹に導かれ足が前へ進むから歩いていた。樹の枝が手を伸ばしてわたしを支えてくれた。後押しをしてくれた。樹たちは芳香を放ち、わたしはそれにむせた。樹液で手がべとつくと次の樹が拭ってくれた。何に導かれてか、そんな時間を過ごし、いつかこの谷に辿りついた。

わたしは眼を見張った。眼の前に孝雄がいる。

いたいけな木が一本、けなげに立っている。成育途上の木。この谷を支配しているのは、わたしの背丈まで苔を纏いつかせ、天を突き刺し立っている老樹や、すでに朽ちて倒れ、半身を地中に埋もれさせている樹ばかりだ。その大往生して横になっている樹の幹に、細い根を張って新たに生きようとしている一本の若木。朽ちた老樹が孝雄を招き、命を繋げてくれているかのようではないか。やんちゃのくせに気弱な表情を垣間見せる男の子、ちょっと困ってしまって頭に手をやるときの仕草が、この木に宿っている。両手でその木の肌を撫でさすりながら、わたしは号泣した。孝雄を失ってから始めて泣いた。

たあちゃんはここにいたんだね。たあちゃんはここにこうして生きていたのか。ただ生きる場所を変えただけなんだ。

細い幹は少しひんやりしていて、孝雄そのものの体温だ。孝雄の手を握るといつもひんやりしていた。手を繋いで歩いているうちに、その手は汗をかき始め、熱くなるのが常だった。私が語りかけ撫でさすっているうちに、その木はじっとり汗ばんで熱気まで伝えてきた。やっぱり孝雄の生命そのものに違いない。

ここにくれば孝雄に逢えるという安心感から、わたしはいつしか泣きやんでいた。導かれてか、ここに孝雄と立っている。その事実に圧倒される思いだった。

生きるとは、生きていくということは、そして、死ぬとはこういうことだったのか……。死ぬとはまた新たに死を生きることなのだ。何が何だかわからない興奮に包まれて妙にすんなり納得していた。安心していた。

思えば、ここは何という静寂に包まれているのだろう。空気もひっそり緑色に沈んでいる。骨の芯まで緑に染まってしまいそうだ。樹の放つ芳香にうっとりしているうちに、足元を占めている苔の勢力にすっぽり包まれていく自分が見えてくる。孝雄と並んで緑の樹液を滴らせながら立っているのもよいと思ったとき、谷から忽然と雲が湧き立ち、山を駆け登っていった。わたしはぼうとしてそれを見送った。

何かに憑かれて歩きまわったあの日のことは、孝雄と出逢い、暮れかかった頃に、見慣れた山路を歩いていたということしか覚えていない。

夕子は乳首を離して寝入っていた。わたしの開いた胸にすべてをあずけ、ゆだねきっている。体温も呼吸もわたしと夕子はひとつになった。闇が近づいて二人を黒い塊りにする。ずっとずっとこうして森の中にいたい。それでいてわたしのどこかが現実の方に向いている。いつの間にかわたしの指は、夕子の手にくっついてしまったその余分な部分を、つまみまさぐり続けているのだから。

わたしが今のうちにやってしまう以外方法がない。少し力を入れてぎゅっとひねりあげればよい。あるかなきかの細く柔らかい骨である。そのもろさがわたしをそそのかす。あの部分をこの口に含んで、前歯をあのくびれたところに合わせてぎゅっと力を入れてしまうことだ。一度で駄目なら二度でも三度でも何十回でも上下の歯をぎしぎしと動かして、本体と付録の部分を切り離してしまいたい。その部分から血が噴き出したら、夕子の血なのだ、飲み干してしまえばよい。

わたしは生唾をごくりと飲み込む。血の生臭い味がした。ついで、小さな塊りが喉を通り抜けていった。慌てて夕子の左手をまさぐった。わたしが飲み込んだはずのものはまだついていた。

赤黒く熟れたいぼを思い出す。それは父の背中の中央にあった。その大きないぼに、母は自分の髪の毛を抜き取って根元に巻きつけていた。あのやり方だ。父のいぼが取れたのかどうか、まるで覚えていないが、やり方は覚えている。血を通わなくするために、根元をぎしぎしと締め上げていったのだ。

戦争は終わったが、それを待つこともなく死んでいった父母。父母は東京に、わたしは年の離れた弟の学童疎開に寮母を志願し、ついていった。そうしなければ軍需工場へ、ということになり、家族がばらばらになる。家族が別々になるのをせめて二カ所にとどめなければならなかった。国民学校の三年だった孝雄も、下痢症状を起こしたと思うと、あっけなく逝ってしまった。無医村で引率教師や寮母がおろおろしているうちに、母親が空襲で死んでしまったのも知らされぬまま、その母を呼び求めながら死んでいった。

そのようなことがあった後の敗戦だった。東京に戻るにも家がなく、疎開先にもとどまれなかった。行き場のないわたしを見兼ねた老教師が、ひと先ず私の家へ来てから考えなさいと言葉をかけてくれた。果たして家が残っているかどうかわからないが……と言う。

教師の自宅は残っていた。古くて小さな家だった。焼け野原にほんのその一画が残っている風景は不思議というほかない。

一人息子は戦死し、そのことで精神を狂わせてしまった妻を実家に疎開させているのだと語った老教師は、妻と田舎で暮らすため、わたしとその家を残して東京を去った。

しばらくして、わたしは妊っていることを知る。食べ物を提供するという夫婦ものに部屋を貸した。どこから手に入れるのか闇物資の食料が、わたしの口にも入った。この夫婦の一人娘は女子挺身隊で軍需工場へ行っていた。その工場が直撃を受け、娘は帰らぬ人になった。

妻の方は俄かめくらで不自由していた。

何日が経過していったろう。

包帯をとってそっと覗くと髪の毛でくくられた夕子のいぼは葡萄色に変わっている。触れるのが怖い。慌ててまたてんぼうにして隠してしまう。

わたしの左手の拇指の外側が、あの日からずっと疼いている。疼痛を覚え目覚めることもある。右手でその部分をぎゅっと押し付ける。そうすることで少し痛みが遠のく。押し付けていないと痛みが噴き出してくる気がする。

とうとう夕子のその巻貝は血が通わなくなった。紫色になり、冷たくなった。生まれたてのそれは死んだ。包帯でくるみこんだままにしておく。

怖々と包帯をほどいていったのは何日を経てからだろう。髪の毛で結んだものがない。白くほどかれた包帯から小さな黒いものが転がり落ちた。

そのとき、それをどうしたか。慌てて投げ棄てたのだろうか。そんなことはない。そっと脱脂綿にくるみこんで、臍の緒のように桐の箱にでも納めた上で、手厚く葬ったにちがいない。

しかし、何かの眼を畏れて、わたしは素早くそれを飲み込んでしまったという気もしてくる。しわくちゃに乾いた小さな塊が喉を通っていった感触が鮮やかに甦る。あろうはずのないことが実現されてしまったということが、ごくりとわたしの喉をならした。

予防注射を受けるたび、夕子はひきつけを起こす。怯え方が異常だ。そのあとは熱を出してぐったりしてしまう。注射よりも白衣の医師に接することが原因だとわたしは理解した。夕子はあの赤子のときのことを記憶しているに違いない。あの見世物にされたときのことを……もし、覚えていないにしろ、わたしの医師に対する気持のありようで、怯えを引き出しているのかも知れない。

夕子は保育園へ通うようになった。左手の拇指が少し変形している。育つに従ってそれははっきりしてきた。拇指の形をしていないのだ。夕子の拇指は人差し指に似ている。人差し指に似てすんなりしているから、心もとなく見える。それでいてほかの指たちに同調せずに、この拇指は一本だけ外へ外へと向きたがっている。疎外されているのを承知した上で生きることを決意したかのように、ある意志をもって勝手に伸びていこうとしている。その上、付け根のところに窪みができている。あの巻貝を取ってしまったところだ。その痕跡をしっかりとどめておくための窪みなのか。失われたものを求めてやまない風情をみせる。その証拠に、そうして執着するだけではなく、指の先は外側に探しにいこうとしている。わたしは閑を見つけては夕子を膝にのせ、その指をマッサージした。わたしは夕子に詫びる。

――かあちゃんがそそっかしいばっかりに、この指怪我させちゃって。小さいときだったから骨が柔らかだったのかね、あとに残っちゃってごめんね。

夕子は怪我のことも痛かったことも覚えていないという。毎日マッサージを続けよう。夕子はいい気持だよ、と、言ってくれているし。肉がついてくるかも知れない。

わたしは拇指に添え木をすることを思いつく。薄く包帯をした添え木をまっすぐに伸ばした指と一緒にして包帯で巻く。ほかの四本の指に添うように、勝手な方向に行かないでくれ、と巻きつける。夕子の指はまだ柔らかい。その柔らかさに恃むわたしだった。

包帯が邪魔だね、と訊くわたしに、夕子は包帯が好きだと答える。なんでもないのに包帯をして、人の気を引いている女の子がいるらしい、が、夕子には包帯をしなければならないわけがあるのだからと、得意になっているのだ。

寝入る前、夕子は、昔話をせがんだ。それが習償になっていた。しかしその夜は、孝雄と学童疎開に行っていたときの話をした。いつか夕子に話そうと思っていたことだ。

疎開した先は寺だった。その隣に住む老人の話だ。おぼつかない腰つきで薪割りをしているわたしをみて、ひょいと垣根の破れ目から入ってきて、鉈の使い方を教えてくれた。初めは気がつかなかったが、わたしの持っている鉈に手を伸ばしてきたときに、その老人の中指が、妙な具合に捩れているのが目に止まった。

わたしの視線に気がついた老人は、その指を右手でいとおしそうに撫でながら、

――この指は神さんにもらったんでさあ。

と言った。

その指は爪もなくのっぺらぼうだった。皺の多い手を表返すと、今度はその中央の指にだけ爪がついていた。

――まだ若かったときだったけが、牛にやる藁を押し切り機で刻んでいて、この指を切り落としてしまったってわけよ。気がついたら切った藁の中からこの指を見つけ出して、夢中でくっつけたんだね。あとで見たら反対の向きだで驚いたね。だども、そんときゃ血はでなかった気がするなあ。おらあ血い見るの嫌いでよ。もし血い見てたら腰抜かして指を拾うことなど気がつきもしなかったでねえかな……。

――神さんはいたずらもんだ。わしを四本指の男にしないで、死んでいくはずの指を

逆向きにくっつけてくだすったんだからよ。

わたしは、がさがさなのにふんわかあったかい藁の匂いを想い出しながら、

——おじいさんが死ぬまで、その指も間違いなく生き続けられるなんて素晴らしいね、と。夕子に話した。


わたしは、夕子のあの小さなくびれたところを絞めあげたとき、ほんとうはもっと太いくびれたところをそうしたかったのだ、ということを知っていた。夕子の細い手ごたえのない首に、わたしは自分の掌を当てて試したのだった。わけのないことだった。わたし自身の存在も同じようにわけなく終りにできる。

わたしと夕子が消えてしまっても涙ひとつこぼす人もいない……力が抜けていった。

神は、呪うため憎むためにだけある。呪い憎むときにしか、神はわたしの前に現れてこない。わたしに罵られるためにある神は、どう悪しざまに言われても平然としている。なにしろ、夕子にこんな悪戯をした神なのだ。夕子への神の悪戯を罵倒するだけではなく、笑いとばす器量がわたしは欲しい。

わたしは子供連れだがその分も働くからと頼みこんで会社の寮母になった。家は人手に渡し、帰る場をなくした。夕子さえいればよかった。

夕子を膝に乗せるにはもう重すぎる。が、それは夕子の習慣になっていた。疲れ切ってやっとわたしが腰を下ろすと、すっと乗ってくる。ちょっと疲れちゃったからあとにして、と言うと、

——マッサージしないと、よけい変な指になっていくよ。ほら、このへこんだところに変なものが出てきたよ。このちっちゃないぼいぼ可愛いけど痒いよ。

包帯で蒸れて醗酵したとでもいうのか。マッサージすることで何かが触発されてしまったのか。窪みのところに汗疹もより少し大きなものが顔を出しているのをみて、わたしは悪寒を覚えた。

このいぼが膨らんで、窪みをならしてくれるならよいが、ますます突起したあげくに、また巻貝になってしまったら……その先に小さな爪まで……そんな……。神の悪戯も度が過ぎる。

寮の庭の片隅、ごみ捨て場同然のところに無花果の木があった。

わたしは青い無花果の実をもぎとってきた。もぎとった切り口に白いねばねばの液がぷっくり盛り上がっている。それを夕子の指の生まれたばかりのいぼに、へばりついているまだ平べったいそれにつけた。父は二の腕にもいぼがあった。無花果の液をつけることをくり返してそのいぼは消えていったのを思い出したのだ。

もぎとった白い液を夕子は面白がった。

——いぼいぼのおくすり、おっぱいみたい。真っ白いおっぱいですよう。

と言いいながら、自分でも一人前の治療をする。夕子の無邪気さにわたしの胸はつまった。もしや、わたしは大変な間違いをしてしまったのではないか。あのとき、付録とばかり思いこんだ指が本体だとしたら。慎重にじっくり考えた末にやったはずだが。動顛していたともいえる。小さい方を処理すればよいとばかりに考えがいってしまったが、とんでもない思い違いをしてしまったのではないか。それでなければ、どうして今頃、その部分から肉塊が噴き出したりするだろうか。夕子はいぼいぼ可愛いなどと言っているが、とんでもない。いぼいぼなんかであるはずがない。ある日、眼が覚めたら、そのいぼはしっかりした肉と骨をつけた指となって屹立しているというようなことになっているのではないか。

これは、きっと、その前兆なのだ。

逆らうことのできない自然の力というものなのか。生命力だとでもいうのだろうか。初めはたったひとつの細胞であったものが、人間の形をとっていくために細胞分裂を繰り返し、何億兆もの細胞が生み出され、どういう順序でかそれを辿って、今ある形になった。ながいながい時を経て……。しかし、人間がその形成の過程を決めて、人間の形は今ある形と決めているらしいが、見えているものがすべてだと思い込んでいるふしはないか。人間の形は、今のようでしかあり得ないと思い込んでいるだけではないだろうか。別の所ではこんなふうな肉塊をひとつもつけていないものは、人間として扱われないということもあるかも知れない。わたしは自分のことを普通の軀や心をもっていると思い込んでいるが、その当たり前と思っていることこそ、別な世界があったとして、そこからみたら滑稽なことかも知れない。そうだ、ずっと先の将来、未来には、夕子みたいなのが普通で、反対にわたしみたいなのは半端にみえ、蔑まれる、というような……とすれば、夕子の生は未来を先取りしていることになる。それに巻貝をひとつどこかに持っていることが人間の条件で、その所有者こそ誇りが持てるという場所が、今こうしている現在にだって広い宇宙の中にはありそうだ。それとも誰もかも見えない所に肉塊をつけていて、そのことに気がつかないだけなのかも知れない。夕子はただ見える所についてしまったというだけのことだ。

見える所についてしまったばかりにわたしはもう一度やらなければならないのだろうか。夕子が赤子のときのように何もわからないのであったら、わたしは何回でもその肉塊を飲み下してみせるかも知れないけれど、今の夕子に対してわたしは何もできない。

夕方、買い物袋を手に帰る途中、たまたま近くに止まっていた車のドアが強い勢いで閉められる音を聞いたとたん、思わず閉じた瞼の中に、歪んだ指が切断され転がった。めまいを覚えた上、嘔吐しそうになりながら、わたしは新たに仕事が与えられたことを悟る。もう一度やらなければならない。気持を立て直す。ぞくっと軀を駆け抜けていったものがある。血が騒いでいる。どこへ行く当てもないが、今夜、夕子とタクシーに乗ろう。……と、思ったとき、誰かの眼を感じた。背筋がその眼で突き刺された。あのときの眼だ。夕子のいぼを髪の毛で縛った夜の。多分、わたしはその眼を無視するだろう。与えられた仕事はやり遂げなければならない。夕子は事故に遭うためにタクシーに乗る。異常な強さでドアを閉める。夕子の左手の肉塊のついた拇指が根元からちぎれて飛び散る。もう永久にわたしは見なくてすむ、肉塊の姿を。何という素晴らしい事故。わたしの血が湧き立つ。ぞくっとするほどの歓びが身内を貫く。

金が欲しい。その夜わたしはしみじみと思った。夕子が小学校に入学する前に、どうしてもまとまった金が欲しい。今まで給与に不満を感じもせず過ぎてきたが、急にそのあまりの少なさに気がつく。タクシーに乗ってはみた。降りもした。ままならなかった。やり損ねたのだ。

雨の中を、夕子の手を曳いてしょんぼり帰ってきた。わたしの仕事は拒否された。わたしを視つめている眼は、雨の中まではついてこなかった。あの眼は始めから仕事が遂行できないことを知っていたのだ。

本体だった方を付録と間違えて取り除いたのだとしたら、その罰を今受けているとしか思えない。付録でも、本体でもよい。どちらでもよいから、一緒くたに抹殺しようとしている卑怯さを、見抜かれていたに違いない。わたしは身内に震えが走るのを覚えたが、その震えを捻じ伏せていた。

整形手術とやらをしよう。するなら今だ。今しかない。指の妙なことに夕子が気がつかないうちに、ちゃんとしておいてやらねば。奮い立っていくわたしだ。わたしの骨や肉が必要なら何処を削られてもよい。あのいぼが伸びてしまわぬうちに。もうそれしか方法がない。金が欲しい。

夢の中も雨だった。

わたしはハンカチを頭にのせて歩いている。そのハンカチからは雫が垂れている。老教師の家を探して歩いているらしい。何人もの人に尋ねては、教えられた方向へ歩くが、同じところを行ったり来たりしている。迷路を廻ってきては出発点に戻ってくる。尋ねあぐねているのに、見つからないように、見つからないようにという態にも見える。

この指を見せなければならない。わたしは手の中にいぼのついた指をしっかり握りしめていた。突き出されたその指にもハンカチからの雨の雫が、音を立てて落ちる。

夕子を知らない父親に、夕子を逢わせるわけにはいかない。夕子がこの世に存在していることも知らない人。どうして夕子を見せるなどできよう。ただわたしは金が欲しい。その説明のために夕子の指だけを持って出た。頼るものとては老教師だけなのか、そもそも頼ろうとするそのさもしさに、自分自身がついていけない。だから、ただ歩いているだけなのだ。何度でも出発点に戻っているのはそのせいだ。

雨水を吸って肉塊は膨らみ育っていく。見ている間にも本体より付録の方が大きくなった。ぐんぐん育っていく。抹殺されてしまったのだという証のために、窪みもつくり、いぼにもなってみせたそれは、今や堂々とこちらが本体だったのだと主張している。

とうとう迷子になった。出口を探すなど途方もないことに思われる。歩けば歩くほど奥深く踏み迷い、密林の中にわたしはいる。透き間なく樹木が林立していると思っていたが、それは眼だけをぎょろぎょろさせた人の群れだった。見ないふりをしながら、じっとわたしの握っているものを見る者。わざとしげしげと見る者。十人が十人それぞれに、異なった見方をしている。人々の上には雨が降っていないのか、傘もさしていない。雨が降っていると思ったのは錯覚なのか、それにしても、わたしの頭の上にハンカチがのっていて、雫は絶え間なく落ちている。

夕子の待つ寮の一室に少しでも早く帰ってやらねば……金を持って。

夕子から離れたことのないわたしが夕子から遠のいていく。思いとはうらはらに、迷ってしまって戻れない自分の姿に、妙に安らいでいる。もう、人影はなく、あるのは樹木だけ。このまま、当てのない歩みを歩いていたいと思う。いつの間にかすすきだけがそよいでいる河原を歩いていた。すすきと思ったのは、白髪の老女が、いやだ、いやだと首を振っている群れだった。大きく小さく波打つ銀色の海原。遥か彼方に人影が見える。すすきの穂だか、白髪、銀髪なのか、その密集した中を、わたしは掻き分け掻き分け泳ぐように近づく。人影と思ったものは、ピンクの爪をつけた小さな指を抱え込んで地面に立つ拇指だった。人差し指の形に歪みながらも、すっくり立つ拇指は子を従えた母親のように毅然として大地に立っている。大地に根を生やした指、その根元に鉈が転がっていた。

預金もない暮らしを自分にふさわしいと思っていたが、夕子の母としては失格だ。しかし、夕子のために金が役に立つのか。金さえあれば何ごとも叶うのだろうか。医師に対する夕子の異常な怯えがわたしには怖い。夕子の中にはどうにもならない心の傷が残されている。それを知りながら再び触れてみるなどわたしにはできない。

改めて、奇形だということを承認してもらうために、金の用意を考えたのか。夕子に内緒で事を行うことは難しい。夕子の心の傷をさらに開くことになる。実験材料や資料を医師に提供するために、勇気を奮い起こすなど愚かなことだ。それに内臓の方にも奇形があると言った言葉が忘れられない。この指のことで医師を訪ねたりしたら、何が始まるかわからない。興味本位に扱われた上、指のことだけにとどまらず、臓器にも奇形の部分があるのではないかと探られる。そんな眼で見なければ、見つからないものを探り出して、何だかんだとこじつけられたくない。夕子の怯えはまっとうなのだ。本人だから、いやでもそれを感受しているのだ。そのまっとうさを守ってやりたい。母親のわたしがその秘密を守ってやるしかない。わたし一人だけの秘密を。何をいまさら。整形手術など。

夕子は自分で丹念に治療を続けている。

――いぼいぼのおくすりだよ。白いおっぱい。ちゃんと飲んで早くなあおれ。

青い無花果の実をもぎとってきては、そんなことを言いながら、ねばねばの乳白色の液をほかの部分につかないようにと、気を配りながらつけている。夕子のその仕草と声をきくと、わたしは思わず手を合わせて祈ってしまう。神に、その悪戯の後始末をしてくれるように哀願していた。何をしてくれというのではない。ただ夕子の無邪気な治療の手助けをしてくれればよい。それ以上の悪戯を思いつかないでくれればよい。

朝の光が無花果の木に降り注いでいる。夕子が背のびをし、できる限り手を伸ばす。下の枝にはもう実がついていない。実を取ろうと、夕子は必死だ。無花果の葉で染められている夕子の手。こちらから見ているわたしには、葉を透かせた光と、夕子の掌が戯れているように見える。夕子の掌からも光が発せられ、そこからそそがれる光で無花果がきらきら輝いている。手伝おうとして近寄ったわたしは、光を発し光の中にいる夕子にそれ以上近づけず、ただその光景を見つめ佇んだ。

あどけない夕子の治療は効を奏し、いぼは姿を消した。

その頃には、青かった無花果は、十文字の割れ目から赤いつぶつぶを覗かせるほどに熟れ、甘い香りを漂わせ始めていた。

夕子は相変わらず無花果の実をせっせっせっともぎ取ってくる。今度はおやつにして食べている。

――いぼ無くなっちゃったね。よかったねえ。少しここへこんでるけど、どうしよう。

夕子に問いかけながら、そこを撫でる。無花果の液でべたべたしている。

――おかあちゃん、そんなこといっちゃ駄目だよ。またいぼいぼちゃん出てきちゃうから。

――……

――知らんぷりしていようよ。

――ねえ、そのへこんだところを平らにすることできるらしいよ。お医者さんにいけば。

――いいよ。平らにならなくても。ゆっこは死んでもお医者さんには行かないんだもん。

――いゃあね。死ぬってどういうことか知らないくせに。

――知らなくても知ってるもん。

――ふうん。

保育園でのお絵かきのとき、先生が教えてくれたと、夕子はたどたどしくも懸命に話す。顔ってみんな同じと思ってるけど、みんな違う。それに一つの顔だって、よく見れば片方の眼は一重でもう一つは二重ということもある。誰かが、片方はつり目で片方はたれ目っていうこともあるよ。と言ってみんなで笑ったと言う。

――だからね。ゆっこの手が両方同じでなくてもおかしくないんだよ。それに、ほら、あの反対についたおじいさんの指、ゆっこ好きなんだ。

夕子は逞しく育っていた。わたしは大地に根を張る若木を夕子に重ねた。

それでいて、さっき夕子が口にした物わかりのよすぎる言葉は、わたしの願望で、それを、夕子に語らせていたのだったらどうしよう、と、うろたえもする。

わたしは夢うつつの連続の中にいるのかも知れない。夕子を生んだことも、わたしがこの世に生きていることもである。

小学生になった夕子は、いつの間にか左手に包帯を巻きつけていた。

夕子の指はいつからか、わたしの心のありようを見抜こうとしていた。あの拇指であって拇指とは異なる指は敏感なのだ。だから、夕子に教えたに違いない。包帯をした方がよい、と。何しろあの指は爪をつけた小さな巻貝を求めてやまないのだ。それを何故失ってしまったのか……と思い続けているのだ。失わずにいられなかった理由がわかっていない。わかっているのは失った事実だけで、失ったが故に、失ったことの大きさと痛みを味わっている指。敏感にならざるを得まい。

あの執念に取りつかれた指から、わたしは眼を離せない。離そうとしても離せなかった。見ないふりをしながらいつも眼が行ってしまう。夕子がいぼいぼちゃん出てきちゃうよ。と、言った言葉が耳についていて離れないのだ。夕子が眠っているとき大っぴらに、それでいて自分を咎める思いでそっと見ていた。見ることで出てこようとするものを押し戻したい。いや、わたしが見ていることで出てきたくても出てこられまい、と思いたがっているだけなのだ。成育半ばで、いつの間にか左手に包帯を巻かれ、故意に除かれてしまったと思い込んでいる拇指は、再び生まれくる指を養おうとしている。それを食い入るように凝視めることで阻止しているわたしなのだ。夕子は何も知らずじっと指を曝していたが、指の方がわたしの視線を拒んだ。それでも、わたしは知っている。夕子の指がときどき快感を覚えているのを。わたしに視られているのを承知でひくひくと動いてみせたのだから。

夕子は包帯を巻くことを日課にしていた。もうわたしに何も求めない。黙ってそれをした。夕子の胸中が掴めない焦りがありながら、夜も包帯されたことがきっかけで、わたしは生き甲斐を失ったかのように虚ろな気持になった。なぜだかわからないが、その虚ろさはわたしのすべてを覆っていくのか、動作まで緩慢になり、急に老けこんだ思いになる。

包帯の取りかえを片手だけでやっている姿は、とても幼い子とは思えない。結ぶときぐらいわたしに頼んでくれればよいものを、一方の末端を口にくわえて結んでいる。悪びれず堂々とそれをしている。その仕草にわたしは盗み見る自分を恥じて、あらぬ方を見ながら、夕子の逞しさに恃《たの》みを繋ぐのだった。

一方で、わたしは取り残された淋しさめいたものを覚える。それに加えて、ある衝動に駆られる。夕子が生まれて、小さな肉塊をみたときのこと、それを葬ってしまったこと、そのときのわたしの思いなど何もかも話してしまいたい。夕子の成長に託して……。しかし、それは甘えにすぎないのだ、と自分に言いきかせて耐えた。わたしは隠し通さねばならないのだ。それ以外どんな方法があるというのだろう。

夕子の拇指は普通よりやや細く、一本分のところに二本並んでもおかしくはない。二本並んで立てば仲好しの指たちというだけのことだ。その二本の指が、人差し指、中指、薬指、小指とともに小気味よい動きをしている。踊っている、跳ねている、叩いている、撫でている。夕子の左手は、拇指の部分が根元から裂けていて両方がそれぞれの持分を生かして器用に動く。ほかの指と合わせて六本指。たおやかな白い指たちは華麗に動いている。ときに静かにときに激しく躍動し、飛び上がり、振り下ろされ、夕子の両手十一本の指先から深く美しい音が奏でられている。わたしは聴き入る。酔い痴れる。天上の音楽を一身に浴びて透明になっていく心地だ。夕子の指は白い鍵盤を軽やかに這い、巧みに叩き、黒いキーにそっと触れ、打ち震えたと思うと飛び上がり激しく打ち下ろすといった具合に、自由闊達に眼にもとまらぬ速さで動き廻っている。かつてこの世で聴いたこともない壮大で美しい調べが、夕子の指先から、一本余計だからこそ、奏でられる音色が深々と響きわたる。廻りの空気を震わせている。その音につられて、闇に閉ざされていたもろもろのものが次第に蒼く澄みわたる。周囲を、万物を、あまねく蒼くする。自ら発したと思い込み競い合いながら蒼い光を放つ。月の輝きと、その月から湧き出る調べに合わせ奏でている夕子のそれに支配され、蒼が生まれている。あまりの美しさに地底から嘆息が洩れ、その洩れた息を、風が吹き上げる。それは真っ白な雲となり天空へと駆け抜けていく。わたしには聴こえる。見える。美しく舞う夕子の指先から奏でられる豊かさと広さ……そしてそれに導かれて、蒼い風景が創り出されたのを知っている。

夕子が成長した姿はピアニスト。世にも稀なる音を生み出し、誰にも真似のできない演奏家として、夕子は自信をもった娘になっている。ピアニストになるなら、十一本指でなければ……と定説が生まれ、生まれながらのピアニストとして多くの難曲をこなしていく。多指症は負い目を抱く必要はなく反対に羨望の的になる。

わたしはいつしか、無理やりに抹殺してしまった指を甦らせて思い描いていた。まるで一本分の指を裂き、二本指に仕立てたかに見える。あの必死に生きよう、大きくなろうとしたいじましいいぼなんかではない。ちゃんとした同じ大きさなのだ。仲好し二本指として屹立させた。だから、遜色ない六本指なのだ。


東京は空襲で全滅だという情報が入っても、父母を探しに行くことさえ許されなかった。人間が消し炭のようになって転がっていたとか、焼け爛れて顔の形も見分けられない。衣服は燃え尽きて全裸、男か女か定かではなくなっている…… 学童たちには秘めて、教師と寮母の間では公然とそれらが話題になっていた。

敗戦の後のある日、目印を失った焼け跡を歩きまわり、ようやく父母と孝雄とつつましく住んでいた家の跡を見つけた。コンクリートの流し台だけが形を残していた。ところどころにはめ込まれた水色のタイル。その割れなかった部分に、残り少ない夏の日差しがまともに反射して異様に輝いていた。そこに、家族との日々が凝縮されているかのように、わたしはいつまでもそれを撫でていた。そしてそこに、その光に孝雄の死を報告した。父母に関しては何もわからずじまいだった。

どこをどう歩いたのか、ここも同じ東京かと思えるほど静かな場所にいつかわたしは足を投げ出して坐っていた。あてどなく彷徨うちにどこかの庭園か公園の中に入り込んでしまったのかも知れない。まるでオアシスだ。焼けた形跡などまるでない。泊るところもないのだから、早く駅へ行って汽車に乗るための順番待ちをしなければならないのに、焼け爛れ燻った地獄を生き抜いてきた者のように俯抜けになっていた。わたしだけではない、誰もかもがこの辛さを味わっているのだと思おうとして、やはり、なぜ……。と手に力が入り、傍らの土を爪で引掻いていた。土を握っては投げ、投げてはまた土を掻き、土を集めては握りしめていた。

今にも雨が降ってきそうな気配を肌に感じて空を見上げたわたしは、頂きがみえないほど高く聳えている大きな樹がすぐ背後に立っているのに気がついた。見れば周囲にはあっちにもこっちにも人の手の形をしたものが、土の中からにょきにょき出ている。力をこめて握り、てんぼうになってみせるもの。指の節を硬直させ開き切った六本か七本の指を持つもの。拳を作って一本だけ指を立てるもの。さまざまな形を取っているそれらは肘から下を地中にもぐらせている。異様な手たちの群れに動きは一切なく、それぞれの意志を孕んだまま静止している。

——どうかなさいましたか。

通りかかった人、母くらいの年齢の女の人が傍に立っていた。驚いて目を上げたわたしに、

——よかった、具合でも悪いかと思ってつい声をかけてしまって。

と言ったあと、その女の人はひねこびた不気味な群たちに目を移し、

——これは、この大きな樹の根たちです。日本の樹ではないそうですよ。どこかジャングルみたいなところに生えていて、地上に出たこれらの根も呼吸しているのだそうです。呼吸するために地上に出て来たんです。この辺りは空襲も逃れたんですよ。

女の人は立ち去った。母に似た後姿だった。着古したもんぺもまた母が自分の着物をほどいて作ったものとよく似ていた。きっと、わたしが亡くした母を捜しているように、あの人も娘を捜していたのかも知れない。

疎開地に戻っても、わたしはときどきその焼け残った樹のことを思い出した。根の瘤をいくらでも生み出し地上に曝した樹。それなのに樹自体はすっくりとすんなりと、ひたすら上

へ上へと伸びていた。この樹を思うとなぜか懐かしさでいっぱいになった。

わたしの視線は夕子の指を突き刺し、痛みを感じさせているのでは……。疎外されているのに注目されている指。やはりわたしは怖い。いつ蠢きだしてどんなことを仕出かすのか。夕子の指には違いないが、夕子の指ではなくなってしまうときがくる。いつの日か、あの指は力いっぱいのことをするだろう。あの指の芯の強さに動かされて、ほかの指も協力するだろう。それを想像し冷や汗を流すわたし。指はわたしのしてきたこと、しようとした思いを逐一見てきた。指に対する過剰な思いは迷惑に違いない。それに、仲間をもぎ取られ、いや、本体を除かれた上、虐げられ蔑まれたと思っているだろう指なのだ。いずれ夕子のすべてを支配しても不思議はない。鋭い感覚の持ち主だ。凝視められたことで鍛えられた指。

わたしは指をめがけて鉈を振りかざす。打ち下ろそうとする寸前で何かが急に変化する。空気なのか、魂というものか、良心の出現か。しかし、自分の眼が異様に輝いていたのは、はっきり感じている。呼吸も弾んでいた。いとおしいのに憎い、憎いのにいとおしい。

夕子がよく寝入っている夜中だ。夜具から手を出している。包帯された左手が電灯の下に曝されている。畳の上にぺたっと坐ったわたしは長い時間指を視つめていたらしい。やおら立ち上がって電灯のスイッチを切る。

背中に突き刺さるものを感じる。思わず背中に手をやっていた。何も手に触れない。闇だけを感じた。闇の中で手が溶けていく。

ああ、あのときの……。遠い日に感じたのと同じ感じを背中が甦らせていた。多くの眼からわたしは突き刺されていた。その眼たちはあのときからずっとわたしの背後にあり続けたのだ。わたしの満足な五本の指はこうしている間に跡形も無く溶けていく。

逃げ出すわたし。夕子から少しでも遠くへ行きたい。ぐいぐいと歩いている。闇に吸い込まれるのか足音がない。森で安らぎを、と、それでいて闇も怖い。あの産婆の眼だか、父母の眼だか、いや、夕子だけの眼だ。その眼がわたしを追ってくる。奇形の指という現実に向き合うのをやめてしまったというのに、夕子の眼が……背に貼りついている。わたしの眼も他人の眼も押しのけようとしているあの指の執念が、眼に姿を変えたのか。その眼に、あと押しされた恰好で歩いている。

奇形になった指がわたしで、爪のついたいぼが夕子。失われてしまったものを求めてやまない歪んだ指のわたし。夕子はわたしで、わたしは夕子……とぶつぶつ呟きながら歩きに歩く。再び夕子のもとへ戻る歩きを歩いているのを承知していて、どこまでも歩いていこうとしている。

＊
＊
＊

薄ねずみ色になった部分と、真っ白な部分がだんだら模様を作る。薄ねずみ色は一日の汚れを示す。捩れながら包帯が膝の上に落ちる。

むき出された左手の拇指を顔の前に立て、夕子はじっと見入る。青っぽいまでに白い一本の指が夜の光りに曝されている。右の拇指を並べてみる。左の拇指は右の拇指に向って傾ぐ。その傾き方はずんぐりした太めの拇指に寄り添うように見える。人差指や小指に似ている。ずんぐりした特徴をもつ拇指になれず出来損ってしまった指。しかも、外側に反って頼りない風情をみせている。いつからか、陽にあたることも外気に触れることもなくなったせいで透きとおる白さになってしまった。

夕子はその指に丹念にクリームをすりこむ。さあ、これから朝までの時間は包帯から解放させてやれる。夏はじっとり汗ばみびっしり汗疹を作る。そんなときには天花粉を叩いておく。

夕子の夜のひと時は、拇指を出した握りこぶしを作り、それを眺めることから始まる。じっと眼を据えている様子は祈りに似てもいいようが、夕子は何も祈ってはいない。奇形である左の拇指という現実に向きあっているだけである。それから眼をそらすことができない。母の眼も、他人の眼も、押しのけるようにしてきたこの指を、夕子だけがいたわりをもって眺めやるひと時である。

母から離れてから、何年になるのだろう。母がアパートの管理人になることになり、引越が決ったとき、夕子は勤め先に不便だということを理由にして独り立ちすることにした。たった二人の家族なのだからと反対だった母は、最後には、

——好きなようにしなさい。ゆっこは言い出したら後へは引かないもんね。強情なんだから……

と、諦めたという口ぶりだったが、夕子は母のほっとした様子を見逃しはしなかった。

母は夕子の存在に息がつまっていたのだ。限界がとうにやってきていたのを、夕子が感じとらないはずがない。

母は見ないふりをしながらいつもこの指に眼を注いでいた。夕子自身がそれに気がつかないとしても、この指が教えてくれた。

人並だと思いたがっていた指に、いつからか夕子は包帯を巻き始めた。指の歪みを認めなければならなくなり、晒しておくに忍びなくなったというわけではない。ただ夕子は自分の躰の一部である指そのものに哀れを感じるようになったのだ。

――何でも包み隠さずお前には話してしまうね……

が口癖だった母。二人の間にはいつも明るい笑いがあった。が、二人の間では決して触れない話がある。包帯の中の指のこと、夕子の父のこと、そして将来のこと。

母は黙って耐えられる性分なのだろう。訊いてはいけない何かが母から漂っていた。夕子はそれを壊したかった。

夕子は母が老いた心に抱えもっている秘密を吐き出させてやりたい衝動を感じながら、その気持ちはいつも何ものかによって押し戻された。

年齢からみて早すぎる白髪の頭と、縮んでいく以外仕方ないような丸まった背中を見ていると、母が独りで耐えてきた歳月が見えてきて、夕子の気持は萎えてしまう。母が隠そうと身構えている以上、夕子は口にできなかった。何故私に父はいないのか。生きているのか、死んでしまったのか……。

自分の奇形が遺伝なのか、妊娠中の外的要因が原因なのか、それを問うても何も始まらない。

手や足の指を持たずに生れてくる事例のあることを知り、数だけは不足なく揃えている自分の左手が夕子はいとおしく思えた。歪んだ生白い指を眺めながら、どうにもならない欠落感と共に妙な充足感を感じるのだ。

この歪んだ指一本に振り廻されての過去があり、そして婚期をとうにやり過した今がある。母の前でだけは明るくしようと心がけた日々。外と家の中とでは別の人間になってしまう自分が嫌いだった。外では他の人間と近づかない工夫ばかりで神経を使った。どんな関わりをも拒否しようとした。言葉を交わす親しさを持ったら、

――その指、どうしたの。いつも包帯してるけど……

という問いにつながることを怖れた。

――どうしてなの……

ほんとうは夕子自身が問いを抱いた塊なのだ。

母は常に、左手を右手で包みこんでいた。夕子の視線で慌てて離す。はにかんだ様子で済まなそうにする。母のその指は多分いつも痛んでいたのだろう。夕子の指には痛みはない。痛くないこの指を、母から引き離しておかなければならなかった。

あるとき夕子は、母が自身の左手の拇指に鉈を打ちおろそうとしている夢を見た。夕子は悲鳴をあげて飛びかかり鉈を奪った。鈍い光を放った鉈の重さは夕子をよろけさせた。

指の手入れをし、ひとしきり眺めたあと、夕子はクリームを姫鏡台の引き出しに入れた。

夜は鏡を見ない習慣である。刺繍を施した手作りの被いが半分開かれたままで鏡が冷たく光った。その斜めの光った部分に夕子の顔半分が写った。

疲れているのかも知れない、と夕子は思った。が、疲れたことで鼻が歪んで見えるということがあるのだろうか。被いをはずし顔を近づける。鏡のせいかも知れないと、何回も鏡の面を拭いてもみた。鏡の裏を覗いたり、触ったりもした。もともと鼻筋が通っている鼻ではないが、それにしても、何か、妙だ。急に軀のどこかがずれたとでもいうのか。序々にそれはやってきていて、気がついたのが今夜なのか、まるでわからない。が、わかっているのは眉間の少し下あたりから左に歪み始めているということだ。もともと顔の左側は少々いじけた感じはしていた。

耳の大きさが左の方は確実に小さい。それに耳朶というものがなく、それらしくややふくらんではいるが、そのままその下の皮膚に貼りついている。夕子にとってそれは問題にはならなかった。髪のとかし方でどうにでもなるからである。

いつ頃気がついたのか、夕子は左半身の骨が右側に追いつけないのを感じたことがある。どこがどうといってはっきり指摘はできないが、左半身全体を通じて少し縮んでいるといった具合なのである。それはそれで気に病んだ時期はあるのだが、いつの間にか忘れるともなく忘れていた。忘れる程度のことでもあったのだ。が、顔となると、気にすまいと思えば思うほど気にかかる。鼻が左に寄り始めた。指と反対側に反ろうとしている。成長期でもないのに、と夕子は思ってはっと気がつく。老いのそして亡びの時期を、私の左半身は迎えているのではないか。

夕子は勤めを三日続けて休んだ。図書館に勤めてから十年以上になるが始めてのことだった。

終日鼻を眺めやっていた。幼いときや娘時代の写真を持ち出して夕子なりの分析をした。そして得たものは放ってはおけないという答だった。これ以上曲がってしまわぬうちに何とかしなければならない。顔の真中にあるものが、少しずつ左側にずれていこうとしているのを知りながら、手をこまねいてはいられない。これ以上人の眼に晒したくはない。すでに負い目の部分があるというのに。夕子は自分に決心を促す。隆鼻術をしてしまおう。

鼻が曲がってきたなどとは言わず、形のよい鼻にしたいのだと言えばよい。どうみたところで今の鼻の形は人並以上のものではない。形のよい鼻を望んでも不思議はない。夕子は美人でなかったことを感謝した。手を加える余地がある鼻だということに縋ることにした。いざそう決めてしまうと、夕子は何ものかに対しての妙な挑戦的気持と、まるでその反対のどうにもならないやり切れなさのような思いに落ちこんでいった。

そのような思いに揺さぶられながら、以前にも同じ思いを経験したのを想い出す。

母から離れた当時、奇形の指をまっとうな指にするために、整形手術をしようと、そればかりを思いつめたことがあった。息苦しいほどそのことに捉われていったが、いつしかその思いがどこかで消えた。すうっと力が抜けていた。歪もうとする意志を持っているかに見える指が怖くなった。無理に手を加えることでどんなことが指に生ずるか……。やっと耐えてきた指が、いまさら人並のことを望むだろうか。

この指を傷つけてまで、まっすぐなずんぐりした拇指にしよう、とすることは何を意味するのだろう。何故か、母を傷つけるような気がふとした。

一本の指の中で、歪まなければならない内奥からの生命力というものと、医学という人工の力とが闘ぎあうかも知れない。その結果亀裂が生じて二つに分れてしまったら……。

指のことは指のことだ。夕子は頭を振って鼻と向き合った。隆鼻術をしよう。

プラスチックの液を注射して好みの形にするとか、動物の骨を細工して差し込むとかの知識しか夕子はもっていなかった。

失敗すると、冬には紫色になってしまい、夏は暑さで中のものが溶けて歪みが生ずるとか、鼻の上だけ雨をかぶったように異様な汗の出方をするのだとか、聞いたのか読んだかした気がする。

夕子は、自分の鼻が、自然の勢いともいうべき奥深いところからのどうにもならない力に因るものではなく、隆鼻術の結果、歪み醜くなっていくのだと想像して嬉しくなった。

——私ね、隆鼻術をしたんです。結果はこんな始末で……

と鼻を隠そうともせず明るく言うことができる。

——莫迦なことをしたもんです。高いお金をかけて……

と卑下した言い方をするかも知れない。そのときこそ、健全な躰を持った人と対等になれる。決して包帯をするわけにはいかない部分を曝して、夕子は歩く。今までと異なり、人の眼を意識しておどおどすることもない。ひどく曲がり、歪み切った鼻を人工的な技術を加えた結果として堂々と曝してみたい。

夕子は晴々とした思いになっていく。

無花果の実をもぎとろうとしている幼ない頃が浮かんでくる。無花果の葉に朝の光が注いでいた。まわりの空気が無花果の葉の色で青くなっていた。夕子のふっくらした小さな手も青く染って見えた。あの頃は、きっと無花果の葉で染った青い空気の包帯をしていたのだろう。

包帯もされず、むき出されたままの栂指に預金通帳が握られていた。

沼に佇つ

夕闇に沈んだ郊外の駅を出てしばらくすると、由布は身震いをし、体をゆすった。仕事や人混みにまみれた一日の思いを、それで振り落としたつもりなのか、いつの間にか、動物めいた癖になっていた。

十五分も歩けば由布のアパートはある。母と二人暮しだが、その母は、今は留守だ。もう長いこと帰ってこないが、そのことに由布は慣れ、気ままでいられる独りを愉しむのを覚えた。由布はアパートのある路地には入らず、そのまま真っ直ぐに歩いた。駅から延びている通りを辿っていけば沼に行き着く。それも、習慣化されつつある。

公園を擁した沼に人影はなかった。

タアちゃんが死んでもう三年になるのか……由布は呟いた。その由布自身が、今、兄、武の死んだ年齢になった。

ああ、また……。

爪先のあたりに漣がやってくるのを感じて由布は立ち止まった。足元から湧き上がってくる漣、泡立った波頭は足に絡みつき爪先から踝に、ふくらはぎにとゆっくり這いのぼってくる。遠い昔からずっと感じていたような懐かしい味というか調べとでもいったらよいものなのか、小さな泡たちはなにやら囁きながら湧き立ちのぼってくる。太ももから腹部あたりまでそうして打ち寄せてきたな、と思うと引いていく。朝ごとにおとずれるようになっていたこの感覚を、由布は今、夕暮れの空気の中で感じていた。

由布はいつの間にかそれに呼吸を重ねている自分に気がつく。這いのぼり、また退いていく泡立った波たちに、不協和音を奏でさせてはならないと思ってか、無意識の内に静かなゆったりした呼吸になっている。が、自分で呼吸していると思いこんでいたのは錯覚で、この沼からの風や、遠い山からの風がやってきて、由布の体をいっときの遊び場所にしているようだ。というより、由布は取り込まれて空気そのものになってしまっているのではないか。

いつからだろう。目覚めるときのこの感覚が、この沼にきさえすれば感じられるようになったのは。

それから由布はふと、今朝はそれらとはまた別の、妙な感覚にとらわれたことを思い出した。

背中の中心から雫が一粒、涙よりよほど大きいそれがみるみる膨らみ、次第に重心が下がり重くなって落ちるのを、両の手で受けとめようとしていた。夢かとも思い、夢ではなかったと確かめている由布は、夜具の中でパジャマの背中に手を滑らせていた。この掌で雫を受けとめようとしたとき、背骨そのものが露わだった気がする。骨から滲み、搾り出された汁は透明だった。糸を曳いていくように落下するそれも透き通っていた。由布は思わず片方の掌だけでは、と思い、両方の掌を差し出したのだった。その掌が宙に浮いたきりで、雫に触れた感触はなかった、と思いめぐらす。

妙な思いに翻弄されている自分に気づき、由布はそれを吹っ切るように、夜具から抜け出したのだった。

沼のほとりを歩きながら、由布はその夢を反芻していた。

犬を連れた小学生が由布の傍を駆け抜けていった。周辺の空気が乱され、また元通りに静まった。

ほんのりと紅に染まった低い山、その対岸の山の影を映した沼はひっそり静まっている。山の端に燃えた太陽が何かもの言いたそうにしてもぐりこんでいく。

歩きながら、絶えず由布は背中に寒さを感じていた。まだ、夏の初めで寒いとか冷えるといった気温ではない。この感触は武が生きていたときによく味わったものだ。暑さ寒さにかかわらずそれはやってきた。背骨の感覚が、ある一点に凝縮され、そこに氷の塊りが、さあっとやってきて素早く去っていく。そのあとうすら寒くなり、背骨の中心あたりの何が蠢くのか、ざわざわする。背中を何かに押しつけ、宥《なだ》めたい。暖めてやりたい。この感覚はきっとやりきれないとか、違和感といったものに対しての反応らしい。それが、由布の生きてきた証のようなものだった。しかし、武が逝ってしまってからは起きなくなっていた。そんな現象だった。

対岸の小さな灯りが、急に由布に向けてちかちかした。周辺の空気がすっかり濃い紫色に変っているのに気がついた由布は、ふっと肩を落して沼の対岸に眼を向けながらゆっくり歩き出す。今朝の夢に拘っていたが、どうにか分かりかけてきたようだ。背に蘇った感覚が、湿った空気の粒子を増した濃い闇の中に消えていく。

沈黙の闇に包みこまれ、ちかちかする灯は、武の死の寸前の姿だ。これまでだってその灯は見ていたろうに、なぜかそう感じたのは今が始めてだ。武が近くにいると感じた。

武は知恵遅れとして、五十二年の生涯を、手遅れの直腸癌によって閉じた。武が死んで、はりを失ったのか、由布はもともと好きでなかったパーマ屋を続けていく気がしなくなった。閉店してしまえば貸店舗だったので明け渡して終りだった。四人いた従業員に由布の勝手でやめてしまうのだからと退職金を奮発したり、まとめてローンの返済をしたら、それなりにあったつもりの預金も底をついた。パーマ屋しか能のない由布はその仕事を役立てるしかなかった。結婚式場の着付部に職を得て落ち着いた。

武の死の前、由布は父親を訪ねた。

武は何故か父親を好いていた。ボクは父さんが好きなんだよ、信じているよ、と武はよく言っていた。母親が、去っていった夫の正介を悪しざまに言うのを聞くたびに、武の口から必ず出てくる言葉だった。母の佐和にすれば思いのたけを吐き出し、繰り返し夫をけなしていることで、自分の不幸を納得させていたのだろう。その鬱憤は、眼の前にいる知恵遅れの長男へと移行する。

お前が人並みでないのが口惜しいよ。お前さえしっかりしていれば、かあさんこうまで苦労しなくてすんだのに。佐和の愚痴は独り言めいていながら、次第に昂ぶってきてヒステリックになるのだった。

父さんの悪口なんかききたくないよ。すぐに父さんを悪者にして、それで平気なのかよ。恥かしくないのかよ。ボクは反対だよ、いやだよ。

佐和と武のこうしたやりとりは飽きることなく繰り返された。武は人の悪口陰口が心底嫌いらしく、悪く言われる方の味方をして眼を尖らすのが常だった。

お前のせいだというのに何もわかっちゃいないんだから、そうしてすぐに偉らそうに父さんの肩を持つ、まったく腹が立つ。おだまりッ。人並みのつもりで大きな口を叩くんでないよッ。

武にだけみせる噛みつくような顔をした佐和を宥めてみても、佐和の怒りは鎮まるどころか、さらに武に向けて猛々しくなるだけだった。由布は黙っているしかなかった。背骨を寒がらせ、軋ませながら……。

父さんを好きだ、信じている、と言って譲らなかった武にはもう先がない。死ぬ前に逢わせたいのは父親だけだ。縁の薄い父子だけに、また格別の思いがあるのだろう。遠くにあれば憧憬に似てますます慕わしくもなるが、武の思いはそれだけではない何かがあるような気がしてならない。武は父親に逢わなければならない。そしてまた由布の中にもそれはある。

ほれ、タアちゃんが五十二歳までをこうして生きてきたんですよ……。由布はそれを言いたい。言わなければならない。

すっかり痩せ衰え、骸骨に皮をかぶせたようになってしまった武の前に立たせて、父の頭を下げさせたい。

父親を訪ねていきたくはない……。が、由布は父正介が女と住んでいるところへ出かけて行った。正介は白内障の手術をしたあとで、重そうなレンズを鼻で支えていた。この眼鏡のおかげでまあまあ見えてはいる、と言った。その眼鏡のせいで眼球が異様に大きく見え、その瞳に半分雲がかかっていた。その眼でぎろりと睨まれ、由布は縮みあがった。三十年余り逢わなかった父親だ。睨んだのではなく眼鏡のせいだとわかっても、由布は度を失った。間の悪い出会いといえる。気負って行った由布の思いはどこかに消えてしまった。

タアちゃんが十九歳、わたしが十六歳のとき、あなたは何を言ったか覚えていますか。

武の命はあと、二、三年だそうだ。人並みの知恵を持たない者は短命だとよ。あなたはそう言ったんですよ。

それだけを言いにきた由布である。忘れられない言葉となって、ずっと拘り続けてきたのだ。なぜ、父親の口から、娘の由布がそれをきかなければならなかったのか。由布は大きな疑問を抱えたままだった。背骨がそのときから寒くてざわついていた。

武はその言葉を裏切って、それから五十過ぎまでを生き通してきた。そして、今、癌に取りつかれ、死のうとしている。死ぬことから逃れられないと分かったときから、由布は、武の前で父に頭を下げさせたい、武に詫びて欲しいと思うようになっていた。もっと早くにそれをしなければならなかった、と焦った気持がある。死の寸前まで保留にしていた怠慢を武に詫びている由布なのだ。

見てください。あなたが二、三年の寿命だと言ったタアちゃんはこれまでをこうして生きてきましたよ。いくら何でも、人の命を、息子の命を、よくそこまで軽く扱えたものですね。しかも、占いの言葉を信じて……。

由布はそれだけは父親に言わなければならなかった。が、失明の不安におののいている正介の前でその思いは消えてしまった。八十歳を越えた老人の顔や手に散らばっている茶褐色の染み、勲章と呼べるにしろ、あまりに多いそれらの星を眺めて、由布は息を飲み込むようにして、ここまで運んできた感情や言葉をも飲み込んでいた。

タアちゃんは手術をしたけど手遅れで、癌はすでに岩のようになってこびりついていて、それを取ってしまうと死を早めるとかで、そのまま置かれ人工肛門をつけて入院しているんです。それを知らせたくって……。

それだけ伝えて、由布は正介と別れてきた。別れ際に、武の世話をしているのは、由布お前だけなんだろ、すまないと思っている。こんなふうでは見舞いにもいけない。せめて、武の好きなものでも食べさせてやってくれ。と言ってポケットをまさぐったあと、正介は、丁寧にそれをチリ紙に包み、由布の手に無理に押しつけた。別に、金をもらいたくてやってきたわけではない、惨めとも恨めしいともつかぬ思いで、突き返したかったが、父にとっては精一杯のことなのだと感じられて、軽い小さな包みが、由布の掌の中で重くなっていく。

すべてを見通した正介なのだろうか。電話で武が癌だと由布が告げても、姿ひとつ見せない姉や弟の言葉を思い出しながらの帰り途になってしまった。

お金をかけて手術をすればよいとばかりは言えないんじゃない。武みたいな人間の場合、きつい思いをさせないで、そっとしておいてあげることじゃないかしら。その方が武のためでもあるわよ。

入院するとか手術とか、つじつまがあわない。由布姉ちゃんが勝手に決めたんだから責任もってよ。

由布が、武を医者に診せたことを、みな暗になじっている。それらを父は知っていたかのようではないか。年を取るということはそういう理解力を備えていくものなのだろうか。由布は苦しくなる。老いた父がいとおしくなる。

あの父を訪ねた、それだけで武は赦してくれるにちがいない。武自身がそれを依頼したわけではない。死を前にしていると知ったのだから、無理をしてでも正介は武に逢いにくるかも知れない。それに、家族の誰からも理解されないと思ってきた由布も、父には理解されたという思いになれた。父という人を今までになく身近に感じて歩いた。もっと、発見が早ければ……と、自責の念に駆られている由布の気持も、この人は汲みとってくれたのだ。

正介が倒れたのは、その一ヵ月後だった。救急車で運ばれたという病院を探して由布が駆けつけたとき、正介は喉を切開され、そこにビニールの管を差し込まれていた。人口呼吸器で、意識がないのに自動的に呼吸していた。その状態を三日続け、この世と別れていった。由布はいつからか心に決めていた通り、葬式には出向かなかった。

わが家の使用人だった美代と暮す父親が死んだからといって、顔を出せるはずがない。それに姉や弟たちが揃うところに今は行きたくない。血の繋がった父親なのだから、こんなときは当然……と姉たちは形式や義理を重んじて、苦もなく駆けつけるだろうが、同じ血を分けた武の存在は無視している。もう助からないのだと知っても寄りつかない姉たちに逢うのは、今の由布には難しい。子供たちを捨てて省みない父親、親らしいことをしてもらっていない、と折あるごとに口にしていても、そのときは別だという姉たち。

由布は父の急を聞いて病院へ行き、もう生きてもいないような父親と対面してしまったが、それが別れだと思うことにした。

人口の何パーセントかが知恵遅れになる確率だったとして、たまたま武がそのくじを引いただけのことだ。由布たちが人並みの顔をして生きていられるのは、それぞれの脳に少しずつ分け持たねばならなかった欠陥を、武がすべて掻き集め、文句も言わず一手に引き受けてくれているからではないのか。由布はそんな気持をずっと持ち続けてきた。

店の景気がよいのに気をよくして店を拡張し、仕事にかまけていたあの頃、由布は見るべきものを見損なっていた。武が急に老いていたのだ。由布は慌てた。その日のうちに武は病院で検査を受け、そのままの入院だった。

無理よ、今はうちは学費で精一杯。お金のかかることには首突っ込みたくないわ。大学受験がいるんですからね。由布姉ちゃんみたいに気楽じゃないのよ。わかってよ。それに今、パートに出ていて付添いなんていう閑もないのよ。ごめんね。

なんで癌だってわかったのさ。ちゃんと検査してんのかな。タアちゃん人並に扱われないで勝手に癌にされちゃってるんじゃないの。しっかりしなくちゃ駄目だよ。由布姉さん、病院にふんだくられるだけだよ。

こんなときこそ、姉弟妹は助け合えると信じて、由布は、交替で付き添いしよう、タアちゃんが喜ぶことをしてあげようよ、と提案したのだ。みなも愕き慌てると思った。しかし、お人よしだけではやっていけないよ、で終った。

武の手術が終ってから、由布は気を取り直してもう一度電話をした。

あら、困ったわね、こっちも今、舅さんが入院してんのよ。とても行っていられないわ。ねえ、体いくつあっても足りないのよ。何かあったら言ってきてね、頼むわ、あんたにはいつだって悪いと思ってるの、でも、家庭持ってるといろいろあって。つらいものよ。

とりつくしまがない。家庭を持たぬ由布には言葉が見つからない。

みんなに声をかけたけど来られないんだって、と佐和に告げると、佐和は、当たり前だよ。みんな大変なんだからさ。医者の言うことなんか鵜のみにしない方がいいよ。何しろ、ほれ、武はあの通り大袈裟だし、たいしたことないに決まっているんだから、騒ぎたてすぎるよ、あんたは。自分の播いた種は自分で刈り取るんだね。と言い、実家に残された者同士さえこんな具合で、武のために結束できない。先が見えてしまった武の命を思って、由布は焦っていた。

そんな折に正介が倒れ、由布は駆けつけてしまった。心のどこかで、武の病室に姿を見せるのではと期待していた正介が、血を通わせた温もりもあるのに、ただの蝋人形になり変っていたことが、由布の中で言い知れない重さになった。唯一、病床の武に愛情を垣間見せてくれた身内だというのに。

肉付きもよく、血色もよいというだけの蝋人形。

一方、瘦せ細り、土気色になって、すでに死者になったかのような姿で息をしている武。

正介は死んだ。由布は、佐和に正介の死を伝えなかった。葬式に行かなかった罰なのか、蝋人形の正介が納棺される場面が眼にちらつき、火葬にふされ溶かされていく蝋のにおいが店に立ちこめ、客の髪をいじっている指先からも髪の毛からも漂ってくるのだった。

店を閉めると、由布はいつも通り、武の見舞いに病院へ行った。武はいつになく赤い頬っぺたをしていた。健康を取り戻したかと見まごう顔色と、澄んだ瞳を見ているうちに、由布はふと、父親が自分の命にかえて、武に命を吹き込んでくれたのかも知れないと思った。由布の体にまとわりついていた蝋のにおいが、みるみる浄化されていくのを覚えた。

由布だけの日参ではつまらないだろうに、武はそんな顔色を示したこともない。いつもありがとうと、枕から懸命に頭を引き剥がし笑みを浮かべて見せる。佐和は、急に足腰が弱くなってしまった、と言って家を出たがらない。武が衆目の中に曝されているところに、身を置くことができない性質なのだ。

悟りの境地にでもいる武なのか、穏やかな顔だ。由布はやさしく宥められた思いになった。その帰り道で、由布は吐血し、由布自身も入院する羽目になった。

二日後、武は死んだ。

付添婦も気がつかないうちの臨終だった。誰も看取るものもなく、最後までこの世にいてもいなくてもよいような存在として消えた。

姉たちが、姉たち流の葬いをしてくれるだろう。葬いという場で、たっぷり武のために泣いてくれたとしたら、武も成仏できるにちがいない。

由布も生死を彷徨った病院のベッドの中にいたから、武に語りかけることしかできなかった。

どっちにしろ、わたしもすぐ逝くからね……。

父親の死をとうとう武に伝えそこなってしまったが、武はあちらへ逝って、父さんがいるのに愕いているにちがいない。父親を慕い続けて生きた武なのだ。

正介は、せめて息子の武より先に逝って待っていてやろうとしたのだろうか。見舞いにもいけなかった償いとして……。


父と兄を立て続けに失った由布だったが、それ以前の記憶にあるのは、正介の父である祖父の死だけだった。その祖父は東京大空襲の前にこの世を去っている。由布にとっては子供心にただ怖い人で、兄の武は蝿叩きでよく叩かれていた。武は両手で頭を抱えて逃げまわっていた。

幼いときに大病をして、発育不全となった武を、祖父は跡継ぎとして不甲斐ながった。

武が祖父の近くに行くと、犬や猫を追い立てるようにしっしっと口にした。長い煙管が延びて武を打った。武の坊主頭に真鍮の雁首がきらりと光って落ちていくのを見ていられず、由布は眼を固くつむり、首をすくめたものだ。武は両手をあげて頭をかばいながら逃げる。それをまた、祖父は癇に障る、と怒鳴った。大袈裟な身振りをするな、芝居がかっている、とさらに憤った。武が祖父の傍にいかないように、見える所に近づかなければよいのに、と由布は、はらはらした。佐和も舅の機嫌を損ねないためか、一緒になって武を叱ってみせた。武はいつの間にか、人の顔色を窺いおどおどするのを身につけ、小さな体をますます小さくしては隅っこで背を丸めていた。

そんな祖父があちらで待っているだけでは、武があまりに哀れだ、と、自分と息子の死を悟った正介は思ったのにちがいない。

暗い水面を見つめながら沼のほとりを歩くうちに、由布は、二人が死んでからこれまでの三年の間に、正介の人間像を武の願望の中に息づいていた通りのものにすりかえようとしてきた自分に気づいた。その武にしても、それほど父親をよく知っていたはずはない。それでも変ることなく正介を慕い続けた武は、由布の知らない父親の姿を見ていたのだろうか。妻子を捨てた正介を、母親の佐和に寄り添って見ていた自分は、本当の父を誤解したまま生きてきたのかも知れない。今になって岸辺の灯りの瞬きに呼びかけられ、嘘寒い雫の冷たさを背中に感じるのは、きっと真実と向き合うことを避けてきた自分がいることに、由布自身が気付いているからなのだろう。正介と武が生きているうちに、父親としてのありようを問い直すこともできないまま、由布は自分だけが一命を取りとめて生きながらえている。あの世で睦まじく暮す二人の姿を思い描こうとするのは、ありのままの父親を直視するのを恐れているからかも知れない。由布は結局、自分は正介のことを何も知らないのだという思いに捉われた。武のためにも、正介の生涯の本当の姿を知りたい。

正介には死なれてしまったが、武と由布がまだ小さかった子供の頃に「向島のおばさん」と呼んで慕った正介の妹は健在のはずだ。正介が倒れたとき、由布は病院でその叔母に逢っている。叔母を見たとき、懐かしい……と思いがけないほどに慕わしく感じたのを覚えている。年は取ったが、何十年も前の雰囲気を叔母はそっくりそのまま漂わせていた。

戦争が激しくなる前、叔母は由布と同い年の娘を連れて、叔母にとっては実家である由布の家へよく泊りに来ていた。叔母は、子供のような無邪気さで娘と睦まじく話していた。由布はそんな母親を持つ従妹が羨ましかったものだ。

父親のたった一人の妹であるあの叔母に、今、逢わなければ、自分は父親を知らないままで終ってしまう。叔母の住所や電話番号を知るためには、武の死の迫っているのを正介に伝えたときのような、一歩踏み込む気持を持たねばならなかったが、美代を通すほかない。その美代は正介が生きていたときと同じ所に今も住み、同じくパーマ屋も続けているという。

その後、何日も考え抜いた挙句、漸く叔母を訪ねた。

叔母に逢った途端、時間の流れは逆行した。由布の記憶の中にある、そのままの叔母がほっこりそこにいた。血の繋がりはかくせないねえ。こんなに通じあえるなんて。一挙に何十年もふっ飛ばしちゃうんだから。それもこれもわたしが兄が好きで好きでしょうがないからだよ。由布がまたその兄とそっくりだときてるし、子供の中であんたが一番兄に似てるよね。葬式のときほかの三人と逢ったでしょ。由布がいなかったから、余計そう思ったのよ。その前に兄が担ぎこまれた病院であんたに逢ってるからね。由布はわたしの娘よりもわたし似なんだと前から思ってたけど、性格なんかまるでそっくり。あんたはおしゃれには関係ないようだけどね。

由布は父さん似だ、歩き方がまるで父さんだもんね、と佐和にもよく言われていたのを思い出す。

わたしは兄が自慢でねえ、あれで兄はなかなかの男っぷりだったよね。

由布はぎろりと睨まれたときを思い浮かべ、苦笑しながら頷く。

若いときなんか、そりゃあ、もっとよかったもの。わたしは一緒に歩きたくって、よくくっついて歩いたのよ。それを兄はいやがって、わざとさっさと歩いて邪険に扱うんだよね。お前とは歩かない、おかめだから恥かしいって言ってさ。恋人と間違われたら困るって思ってんだなと思うと、わたしはわざと歩いてやったの。兄が素敵だからわたし嬉しがってたのよ。わたしの口から言うのも変だけど、あの兄は人格者だった……。

と手放しの絶賛だ。すでに亡き人になってしまった正介を褒めちぎってやまない八十歳になる妹。

　何でも話せる兄だったのよ。兄の方でもね。お前にだけは何でも話せるって言ってね。ほんとうに気の合う兄妹だった。

　遠くに眼をやりながら、うっとり話す叔母を見て、由布は妬ましさを覚える。五人の兄弟姉妹がいながら、由布には心の通い合える相手がいなかった。武は兄とは名ばかりで面倒をみなければならない弟みたいなものだった。叔母が正介に寄せる信頼や親密さは羨望を通り越して由布を息苦しくさせた。正介は妹のためにちゃんといい兄貴を演じて、生涯をまっとうしたのだ。

　親身になる人で、誰にでも好かれて人のためになる人だった。人の借金を背負って苦労し続けたんだよね。

　話はいろいろに飛ぶ。佐和が、保証人の印を押すなんて、と愚痴っていたのを思い出す。あんな真面目な石部金吉みたいな兄が、美代とあやしい、なんて聞かされたときは信じられなかったねえ。何しろ、美代はほれこの人の……と連れ合いの方を指す。指された叔母の夫は少々恍惚の域に入っているのかも知れない。ホウホウと、喉の奥の方から声を出して、自分の出番かと勢いこんで話し始める。

あれは、よくない女だ。美代はいけない。性悪で根が冷たい。聞き取りにくい。甲高い声で抑揚が激しすぎる。言うだけ言うと、叔母を見てこくんこくんと頷いた。

そう、この人の従妹でしょ。困ったと思ってねえ。美代も可哀相な子でねえ。あの頃、家が傾いて苦労していたのよ。兄の所は羽振りもいいし、どうだろうって、わたしが置いてやってくれって頼みこんだんだからねえ。そんな責任もあるしね。それとなく探りにいったわよ。

着の身着のままで転がりこんできて、何から何まで面倒みて、新しがり屋の父さんが洋髪の店開くっていうから、女中やめさせて、美容学校に通わせて腕に職をつけさせてやったのに、そこまでして仕込んだのに、恩を仇で返された、とは佐和からよく聞かされてはいたが、叔母の連れ合いの従妹だとは知らなかった。

由布はかつて店の職人が何人もいた中で、近しい思いの抱けなかった美代を思い出す。店にいるほかの人たちより少し別というか、偉そうな面があったのも叔母の話から頷ける気がした。身内意識があったのだろう。

この人に先ず偵察にいってもらってね、何でもないって言うから、わたしもほっとして、やっぱりあの兄に限ってそんなことがあるはずはないって、胸撫で下ろしたのに。

叔母は老いてもまだふくよかさを残している胸を両手で抑えた。

それでもほれ、このあたりが、どうしても変なんだよね、胸騒ぎっていうのかね。

同意を求めて叔母は連れ合いを見る。叔父はホウホウと声を出して眼を細める。

それでも自分で行くのも怖いみたいで。怖いのよ、やっぱり。それでこの人の父親がまだ元気だったから、お舅さんにたのんで行ってもらって、やっぱりそんなこと無い。大丈夫だって帰ってきて言うんだわ。

ホウホウと叔父が答える。

舅さんを信じているのに、それでも安心できないの。へんなものよねえ。ああいうときってのは。とうとう三度目には自分で確かめてこようと決心して出かけていったのよ。気がすまないっていうのかねえ。

叔母の手はまたしっかり胸を抑える。

それでやっぱりあやしいって嗅ぎつけていくのよね。うまく店の女の子に聞き出してから、兄を問い詰めていったんだわ。

叔母はひと呼吸置く。由布は息をつめる。

そうか、お前がそこまで言うなら、嘘はつけない、って認めてね。美代とも話してみたら、わたしが想像していたよりも前からの関係だっていうじゃない。

由布はおずおずと口をはさんだ。

叔母さん、それは……。戦争さえなかったらって、母からも父からも聞いてますけど。疎開してる間のことでしょ。

それなら、何とかわたしの力でも間に合うだろうけど、いや、それがもっと前から、あんたの妹が生れる前からよ、そうそう、美容学校へ行かせてもらった頃からだってよ。こりゃ無理だって思ったんだから。

聞きたくもないことを聞いてしまったという悔いにおそわれたが、逃げるもならず由布はじっと坐っていた。叔母もしゅんとしていた。信じていた兄から裏切られたときのことに思いを馳せていたろうか。

義姉さんもこう言ちゃなんだけど、きついところもあったから。

由布は穏やかでない。佐和も由布も家族みなが裏切られている。もう時効になったことだ、何を聞かされても愕くにはあたらない年齢だと、由布は自分に言いきかせながらも、さりげなくするのには相当な努力がいった。

妻子を疎開させた間のちょっとした躓き、出来心、過ちだったのではなかったのか。自分の播いた種とはいえ、そちらへの責任をとろうとすれば、こちらが立たずで、板ばさみになった正介の悩みは深かったろう、と由布は無理にも理解しようとしていたのに、疎開する前からの関りとなると、まるでちがう。佐和はなおざりにされていた。

ある意味で俺だって戦争の犠牲者だ、といっていた正介に少しは同調しようとした由布の見方も根底から変ってしまう。縁の薄い父娘ではあったけれど、いろいろ軋轢もあったけれど、由布は心の底の方で、ほんとうはずっとわけもなく父を好いていたのだ……。由布の気持がすっと萎んでいく。佐和と美代は同じ屋根の下に住んでいた。焼け跡のときだけではなく、焼けるまえも……。あの地獄、戦後の妻妾同居……。知りたくないことと出会ってしまった。こんなことなら叔母に逢わなければよかった。由布は不潔感で嘔吐しそうだった。

でも、父は最期に、タアちゃんのためにとってもよいことをしてくれたんですよ。

由布は自分を励まし、絞り出すように掠れた声を出す。

タアちゃんを淋しがらせまいとして、父さんは、自分が先に死んで。タアちゃんのために父はやさしいことをしてくれたと思えて……。

そのことだけど。

と叔母は由布の話を奪って話し始めた。

兄のすぐあとで芳夫がね、ああ、武だったわね。すぐ死んだと聞いてね、わたし残念だったのよ。ほんとのこと言うとね、どうせ死ぬなら兄よりひと足先に死んでくれていたらよかったのに……って。

由布は、叔母が言い出したことの意味が分からず唖然とした。

兄だってね、やっぱり芳夫のことは、いや、武のことは心配していたんだからね。先に死んでいてくれたら心残りもなかったろうにって、そのひとつがねえ、無念なのよ。

由布は震えそうになる声を押し出すようにして、ようやく言った。

そんなに父はタアちゃんのこと心配していてくれたんですか。

憮然としたその言い方が自分でも厭になる。武のために何だか哀しい思いになってくるのを、由布は抑えるのがやっとだった。

そうね、由布に武を押しつけてしまったからな、と口にしていたのはよく聞いていたのよね。

叔母は由布の重苦しい胸の内に気づく様子もなく話し続けた。

それにしても、わたし思うんだけど、武は年を取るごとにおかしくなっていったというじゃないの。小さい頃は別にどういうことなかったのにね。しっかりしていてね。独りで電車に乗って、家へよく遊びに来ていたんだよ。乗り換えもあるっていうのに。その頃は別にねえ、利発な子、だと思っていた。思えばその頃の武しか知らないけど、そういうものかねえ。

瞳をくりくりさせて写っている武の写真があったのを、由布は思い出した。叔母もすかさず、目のくりっとした子で、お利口さんだったのよねえ、と思い出している。

パーマ屋が嫌いでね、何しろ人の髪の毛いじるのがいやなんだから。

叔母は話すことがいっぱいあると笑いながら、次の話題へといく。

でも、あの商売のおかげで、この人がいくら働いてもろくにお金もとれなかったときに、ニコヨンだったのよ。一日二百四十円。そんなときにパーマ屋だったから四人の子供たちと姑たちと食べていけたんだから。兄は警防団で銃後を守ったけど、うちは海軍に引っぱられてたからね。復員してきても栄養失調だ、疥癬だ、でね。しばらく働けなかったし……。

あら、叔母さんち大きな材木屋さんだったんじゃない。

焼けちまったらそれでおしまいよ、由布ちゃんのとこもそうでしょ。ばらっと焼け野原になっちまったもんね。

へえ、叔母さんも嫌いだったのにパーマ屋をねえ。

そうだよ、丁度あんたたちが店をやったときと同じ頃に始めたのかねえ。最初は人を雇って。給料払うの大変だから、つい自分が覚えなきゃということになって。よき時代だったよ、戦後は。パーマ屋にとってはね。ずぶの素人でも何とか商売になったんだからねえ。

そうね、ひきも切らず客が来て、整理札出したりして、稼がせてもらったわね。

朝起きると店の前に行列が出来てたとか、パーマ屋がまだなかった町で一番先に開いたのだ、とか、それまでは疎開者で引け目があったのに、いつの間にか、大きな顔が出来るようになって、芋だの米を山のようにもらったとか、しまいには先生なんて呼ばれて返事のしようがなかったよね、と二人は共通の思い出話に笑い興じる。

電気パーマの時代で、天井から蛸の足みたいにぶらさげた先に紙バサミみたいなヒーターつけて、二貫目以上の重さのそれを客の頭にのせ、しかも引っ張られてひっつれるは、熱いはでしょ。火吹き竹で髪の毛挟んだヒーターの間にふうふう風入れたり、鰻屋みたいに渋うちわでパタパタ煽いだり、その上やけどさせたり、髪の毛チリチリ焦がしたりしてさ。停電日には、豆炭おこしてカーボンでやった……。髪の毛、焦がしたりしたときは店が焼き場になった気がした。

ソリューションってパーマ液は、アンモニア臭かったじゃない。やる方も客も涙流しながらだものね。あれではひどい思いしてんのよ。東京までそのパーマ液を仕入れに行って、一升瓶で二本。落として割っちゃって上野駅で。人だかりはするは、臭いがするからおかしいっていうんでお巡りさんまで来ちゃって。鼻にツーンとくるは、涙がでるは、だもの。原液だものたまったものでないよね。手錠こそはめられなかったけど、悪いことしましたって、恐縮したわ。始末書とられたっけかなあ。

ちりちりパーマでね。髪の毛ロッドに巻いてギリギリとプロテクターで締めて。手が荒れてベロンベロンになって痛くって、今思えばあれはケロイドね。箸も持てないのに、仕事はやったものね。あれは慾なのかしら。

慾も得もあったもんじゃない。ただ食うためだったのよ。あの頃は。

客の方だって、何だろ、あれは開放感と言うものかね。パーマネントはやめましょうなんて、戦争中はおしゃれしたら非国民と言われたんだから、その反動かね、猫も杓子もいい婆さままで、それがおしゃれと思ってパーマ屋へ来たのよ。ヘアースタイルなんてものじゃない。髪の毛くるくるになってりゃよかったんじゃない。眼が青くなるわけじゃないのに、何でもアメリカさん見習ってさ。

いくら繁盛してもパーマ屋が好きになれずに、そんな自分と格闘していたのを由布は思い出す。性に合わないなどと思おうものなら、たちまち客が来なくなってしまうのではないかと怖れ、食べていくため、人が生活するとはこんなに厳しいものなのかと情けなかったものだ。

勿体ないって言われながら、すごく繁盛していたのやめちゃって。思い切りがいいのよ。わたしは。この人が髪結いの亭主然としていくのがいやになってね。十二年やってきっぱりやめたのよ。由布あんたは？

三十五年やったわ。タアちゃんに死なれてそれをきっかけにやめちゃった。

高野あいさんのお宅ですか、と叔母に会うことを思い立った由布が電話を入れたとき、あのう、あい子なんですけど、と小さな声で言った叔母。それが何ともいえず可愛かった。声も若いけれど気も若いのよね、何しろ「子」がつかなきゃいやなんでしょ。

そう由布が話すと、

いやあね、この子は、へんなこと面白がって。

と叔母自身が面白がって身を捩った。笑い転げ、目尻にたまった涙を人差し指でこすっていた。それをひょいと舐めてみせ、陽気な涙でもしょっぱいよ、とまた笑った。底抜けに明るい顔に皺隠しの薄いブラウンがかった大きな伊達眼鏡がよく似合っていた。手に入れたばかりだったらしい。

由布ちゃんの前だからこそ、この眼鏡をかけてりゃいいんだよね。たまに逢った姪っ子に若く見られたいしょ。だけど由布ちゃんに恰好つけることないんだよね。嫁に貰ってくれる相手じゃなし。

眼鏡を外したりかけたりしていた叔母を思い出しては、由布はひとりくすくす笑いをした。

そんなふうに頬のゆるむ余韻を愉しんでいた由布だが、時間が経過するにつれて、叔母が口にした話のある部分だけが、ツンと尖った切っ先を自分に向けてくるのを感じた。

始めはそれが何だかわからなかった。

叔母は小さい頃の武を利発な子だった、と言った。

おぼろだったものが由布の目の前で次第に鮮明になり、いやおうもなく姿を現そうとする。首根っこを掴まれた由布は身動きができず、眼を背けたい事実に向き合わされようとしている。

子供のときは普通の子だったよね。一人で泊りにきたのよ。ちゃんと電車にのって。それも何回も乗り換えてよ。

父親を少しでも知りたいという思いだけで訪ねた叔母の話の断片が、混乱した由布の頭の中で繰り返し再現される。

どこからおかしくなったのかねえ。年をとる毎に悪くなっていったそうじゃないの。

由布は、見まいとしても、やがて自分が恐る恐る目を開けて、目の前の現実を凝視せずにはいられないことを知っていく。

由布が物心ついてからの武は、虚弱体質と言われながらも病気ひとつせず、熱を出したこともない。大患いをしたのは赤子のときで、小さいときは利巧だったと叔母に言わせたのは、間違いなくその病気が治ってからの武だ。高熱のため脳が冒され知恵遅れになる例はあるが、武は病後も普通の子だったということになる。武は並の子と比べるとひとまわりやふたまわりは小さく見えた。いわば発育不全の姿といえるが……。

見かけのせいかね、よく苛められていたっていうから。

由布は改めて叔母の話を思い起こす。

誰からもかまってもらえなかったんだよね、だから、よくうちへ来たのかもね。うちの爺ちゃんが武のこと可愛がったのよ、男の子がいなかったからヨッちゃん、ヨッちゃんってね。舅さんはやさしい人でねえ。

隣に控えている叔父は嬉しそうに、こくんと頷いていた。

爺ちゃんがそういう人だから、家ではヨッちゃんとしか言わなかった……。

と叔母は叔父に同意を求め、

そうそう、芳夫は武という名で呼ばれると聞こえない振りをしてたっけ。それが可笑しくってわざと武と呼んだりしてたら、爺ちゃんにわたしこっぴどく叱られた。嫁に来てから爺ちゃんに叱られることってなかったから、よく覚えてるわ。芳夫は、芳夫。ヨッちゃんなんだよ。なあ、芳夫って。爺ちゃんは、坊主頭の芳夫を引き寄せて、小さな頭をくるくる撫でていたものよ。だから、つい、家ではタアちゃんとは呼ばないで、ヨッちゃんヨッちゃんだったのよね。兄に逆らうわけじゃないけど、改名したことなんて問題にもしてなかった。うちではね。わたしは爺ちゃんのいうことをただ、素直に聞いてたのよ。芳夫は、芳夫って呼ばれたくって、うちへ来てたのかねえ。

由布の姉はそれこそ利発な生まれ合わせで、学校ではずっと級長を通した。次女の由布は成績は別にして健康優良児だった。その間に挟まれた武は分が悪い。

どうしてなのかねえ、世間様に恥かしい。

見かけが貧相なばかりに、明治生まれの祖父や正介、佐和は長男がこれではと落胆した。軽くあしらわれ、疎んじられていくのはわけないことだった。

正介夫婦には次々に子供が生まれた。子は生まれても夫婦の相性はよくない。愛情などなくても子は生まれるらしい。武のことで心を寄せ合う間柄ではない。教育には無関心だった。いや、それ以上に無知だった。世間様に顔向けできない、と世間体が先行した。世間から隠しておきたいとさえ思った。佐和は気難しい舅にも仕えなければならない。武のことは、あの患っていた頃を思えば、命があっただけめっけもの、と思うだけにとどまる。ただ身を粉にして働くのが佐和の身上だった。またそうしなければやっていけなかった。正介は人を使って床屋をやり、その上、その頃はまだ珍らしい洋髪の店を始めてもいた。佐和は何人も職人を置く店のお上さんで賄婦でもある。働き者のお上さんという評判の上に、あの頑固な舅によく仕えているとの褒められ者でもあった。正介は友人との合併の事業に手を出し、業界の役職などもしていて、家を外にしている方が多い。父親は家にいないものだと由布は思っていた。

そのためか、正介がまれに家にいた光景は、由布の記憶に鮮明に残った。

武の担任は教頭も兼任していて、話のよく分かる人だったよ。何しろおおらかなのがよい。妙に気があってしまってね。あの先生に武をまかせておけば、万事うまくいく。もう安心だ。大舟に乗った気でいてくださいとまで言ってくれてなあ。何も焦ることはない、ゆっくり教育しましょう。先ず体力をつけることですな。それからでも充分間に合います。武君を馬鹿にする生徒がいたら処罰します。大丈夫です。責任をもってお預かりします。と力をこめておっしゃってくださったのさ。

正介はご機嫌だ。

じゃあ、武はいままで通り学校へは通わせた方がいいんですね。いじめられに学校へ通わせるようなものだから、いっそやめさせて家に置いておこうと思ったけど、もう少し様子をみてからでいいんですね。先生がよくてよかった、行ってみなければわからないものですね。

佐和は、やっぱり父さんだ、と眩しいような顔をして正介を見る。

フン、そのぐらいのことで武が真人間になれるのかね。

祖父は吐き捨てるように言うと、ぷいと立って部屋を出ていく。出て行きながら、仏壇に手を伸ばし、饅頭をひとつ懐に入れていった。せるの着物と黒足袋が梯子段を軋ませた。祖父の足音が階下からどんどん遠のいて行った。

由布は、ああ、爺ちゃんの散歩だ、と思い、いつもならそれで家の中が広くなった気がするのだけれど、そのときは爺ちゃんがいるとき以上に、気づまりな空気が色濃く流れているのを感じていた。佐和と正介が向き合っている光景に馴染めないせいだったかも知れない。仏壇のある部屋、中央に青い瀬戸の火鉢があり、長い真鍮の火箸が突っ立っていた。火鉢の前の紫色の座布団は矢羽根模様でとても大きく、そこにいつも祖父がどっしり坐っていた。祖父はもういないのに、正介と佐和は、まるでまだ祖父がそこにいるかのように、その座布団に顔を向けているのだった。

武と一緒に学校へ通った頃の光景も、由布の記憶に焼きついている。それぞれの教室で生徒がいっせいに教壇にいる教師に眼を向けている授業中、窓際に席のあった由布が、ほかの教室から流れてくる合唱に気を奪われて外を眺めたとき、人影のないはずの校庭に武の姿を見る。気侭にぶらぶら歩きをしている武。何を見つけたのか、しゃがんでみたり、小石を爪先ではじくような恰好でポケットに手を突っ込み、一方の手をつまらなそうに爪髷りしたりしながら歩いている姿に、由布は何やら恥かしいのと、もの哀しいのとで武を隠してしまいたい思いになる。教室という教室からたくさんの眼がいっせいに武を見つめている気がして、由布は武の傍に飛んで行って、手を引き一緒に逃げ出したい気持に駆られ、それを押し殺すのに息が苦しくなる。由布より先にこの国民学校に入っていなければならないのに、就学猶予願いを出したとかで由布より一年遅れて入学してきて、みんなのすることをしていない武。何でみなと同じでないんだ。由布は佐和に訴える。

タアちゃん学校に行っても勉強していないよ。勝手にぶらぶら歩きしてるんだから。退屈そうだよ。

いいんだよ。由布が心配しなくても。武の先生は偉い先生でね、武のことはようく分かった上で、武のためにしてくれているんだから。それもきっと先生のお考えでしょ。特別目をかけていただいているんだから大したもんなんだよ。

佐和にとって大した者は武ではなく、正介なのか。佐和は由布から学校の様子を聞き、ご利益が利いたという思いでもあるのか。

特別待遇っていうのは、特別に勉強を教えてくれるんじゃなくって、放っておかれることみたい。

由布はわけが分からず不満気に呟いていた。学校にしても親たちにしても、武に対して皆がみな素っ気なさすぎる。はっきりとは言えない何か。自分が武だとして、武が由布だとして……と考えているうちに、由布は自分ひとりでもいいから、武の味方になりたいと思うようになった。

ほんとうなら何か欠けていたら、その欠けているところを埋め合せようとするのが親だろうに、それとは反対の家庭だったと由布は思う。その中で、武を人並みでない人間だと思いこみ、つゆ疑ったことのない由布でもあった。みんながそう言うから、そうなのだと鵜呑みにしていたのだから。ただ、武が人並みでないとしても、その扱われ方を理不尽だと思い、承服できない由布はいたのだったが。誰にも相手にされない武をどうにかしてやりたかった。武を取り巻く人々に腹をたて、悩みもしたが、それだけのことしか由布はしてきていない。しかし、ずっと何かがいやでいやでという思いがあった。

落ちつけない何か。それが何だったのか、武が死んでしまった今頃になって、由布は漸く分かりかけてきた。叔母に逢ったからだ。

子供の頃から感じ続けてきた背中の骨の寒さも、根拠がないわけではなかったと由布には思えてくる。自然でないもの、そうあるべきはずのものが何か別のものに歪められていることへの不快さに由布は曝されていたのだ。由布が意識していなくても不自然なものへの嗅覚が働き、悩み続けてきた。そのやり切れない悪臭は由布の周りにいつも漂っていたのだから。

叔母に逢ってからというもの、由布の心の中には、武が本当は知恵遅れでなかったと思わずにいられない様々な事柄が次々に現れ、集ってくる。それを直視させられるつらさに反応して、由布の神経も肉体も悲鳴をあげている。まさか、まさか……。
半信半疑のまま目を反らしていることはもうできない。信じられないことに由布は向き合わされている。目の前に現れ立ちはだかる過去をよけて通ることはもう由布には赦されない。

いつの日だったたか、そんなさ中に気がつくと、由布は来たことのない海辺にいて、その浜辺の砂に蹲っていた。仕事先とは反対の電車に乗ってしまい、海辺を走っていた。海が見える駅に降り立つと聞こえるのは波の音だけ。いつからここにいるのかが分からない。体が溶け、淡い白い波の泡になってしまうのかと思うほど、由布は長い時間ここにいた気がする……。溢れでてくる涙と、全身を包む悪寒を由布は他人ごとのように感じていた。これは悪夢なのだ……。由布は何も考えられなかった。叔母と会い、武が知恵遅れでなかったという事実に直面した今、佐和の顔を見たら、由布はどういう態度をとってしまうだろう。佐和の肩を掴み、武の一生をどうしてくれるのだと、取り返すすべもない過去を激しく問い詰めずにはいられないに違いない。父親に向けてもだ。海は由布に何をしてくれたのだったか……、ただ誰に気兼ねすることなく、号泣し続けたことしか覚えていない。人の一生が……人の生涯というものが……限りなく打ち寄せてくる波と一体になって泣いた。

武がこの世にいるとき、近所の手前もあるんだから間違っても武を連れてこないでね、年頃の娘がいるのに知恵遅れの伯父がいるなんでいうことがばれたら大変、と娘や息子に言われていた佐和だが、武がいなくなったんだから母さん遠慮なく遊びにきてよ、ほんとにいままでご苦労さんでした、と言う姉や弟妹たちのねぎらいに、佐和はいそいそと出かけて行って順番に逗留してくる。自分から盥回しになって廻っている。末娘のところはまだ子供に手がかかるからね、わたしがいると重宝なんだよ。とか、息子は共稼ぎだからわたしをすっかり頼りにして、わたしがいないと困るんじゃない、あれでは。と愉しそうだ。それにさ、みんな働くのに忙しすぎるよ。

利用されてるのに気がつかない、いや利用されたがっている佐和。

由布が店を閉じ、狭いアパート暮らしになってしまったことが佐和には不服なのだ。かといって、武のいなくなった古い借家に独り住いをする佐和でもなかった。不満は不満として、由布に一緒についてきた佐和だが、今では由布以外の子供たちに親孝行されてよい気持なのだ。その佐和が、武のために苦労し続けた自分を可哀相がっているうちはうまくいくはずだ。そして、まめに動けるうちは……。

武は一生を知恵遅れとして過した。それよりほかの生き方はできなかった。選べなかった。脳味噌が不足しているのだと言われて、本人もそう思って生きてしまった。

武は姉弟妹から相手にされないどころか、無視された。身内の者だけでなく、戦争中は非国民と罵られ、お国のために役立たずで、生きていてもごくつぶしなだけと言われた。人並みでない、というレッテルを貼られたばかりに。

みんなでなんでそんなにボクのことバカにするんだよう。武はよく泣いた。芯から口惜しそうに大粒の涙を惜しげなく流した。が、すぐにケロリとした。何かを越えてしまった境地にでもいたのだろうか。そういえば、武は独りでよく歌を唱っていた。「やめてくれッ！音痴のくせに。糠味噌が腐るよッ」と佐和に罵られながら。小学唱歌ででもあったろうか。

〝母こそは─命の限り─いとし子を─胸に抱きて─ほほえめり─美しきかな母の姿〟由布も武を真似てときどき口ずさんでいたから、よく覚えている。

今の由布なら足元の砂の中から、沼の波打ち際から、武が知恵遅れでなかったという証拠を拾い出せる。武のために、大切なものが見えるようになった。ほら、あそこにもここにも……。

違い昔、国民学校に形ばかりの席を置いただけで、教育ひとつ受けないまま疎開し、武は学校と縁が切れた。もうあの担任のような教師はいないのだ。どうせ馬鹿なのだから通学させても無駄だ。人並みの中に入ったら可哀相なだけ、と佐和は思ったのだろう。敗戦のどさくさに加えて、家庭も大きく変り、生涯を正介と離れて住むことになる佐和。ヒステリーを起した先の受け皿は武だったのだ。武への扱い方の手本を母親が見せていたのだから、武の姉や弟妹たちが、武を厄介者にしていくのは簡単だった。

子供にとって親は絶対者だ。幼い頃から親に、お前は脳足りんだと言い続けられた子供は、自分でもそう思いこんでいく。親もまた子に向けて繰り返し言っているうちに、そういうふうに見えてくる。そんなからくりが、由布にはある気がしてならない。

ふと、由布は叔母との会話の中で何度か出てきた芳夫という名を思い出す。

つい、わたしは芳夫と呼んでしまうのよね。小さいときにはそう呼んでいたから。体が弱いから強くなるように武に改名したのにね。

その叔母の言葉から重大なことに気がつく。

生まれたときと別な名前になることはよくある。幸せになって欲しい。丈夫になって欲しい。それも親心だ。

由布はある情景をくっきり思い出す。

正介は自分の運が向いていないのは名前のせいだから、正治から正介にしたと言っていた。

正介は名前を変えることで運命を一転させようとした。ままならない人生の挽回を図った。それもよい、正介は自分の意志による改名である。しかし、武のこととなると、話はまったく別なのではないか。

武は生まれたときから、芳夫、芳夫と呼ばれてきた。お前はヨッちゃんだよ。ボク、ヨッちゃん。自分に向けて確認し、にっこり頷いたろう。確認しながら大きくなってきた。

そして、ある日、突然タケシになる。一体誰のことを呼んでいるのかわからない。武とは自分のことであるらしいが、意味がよく分からない。今日から武だよ、タアちゃんだよ、と言われてただ途方にくれる。返事ができない。戸惑いと恥かしさ、自分のことのような気がしないし、黙ってぐずぐずしている。ヨッちゃんはどこへいってしまったのだろう。誰も、もうヨッちゃんとは言わない。毎日そう呼ばれてきて、自分でもヨッちゃんだよ、と誰に向けても自分を誇示してきたのに、その芳夫は、ヨッちゃんはボクではなかったのか、ボクという人はもういないのかも知れない、と思ったにちがいない。幼ければ幼いなりの悩み方で、武の悩みは深刻だ。ぼうっとしてしまう。名前がなくなってしまったのだから返事もしないでいるうちに、とうとう馬鹿扱いされていく。仕方ないから気のない返事をしてみる。

物心ついた由布にとっては、武は始めからタケシだったが、芳夫という名がその前にあったというのも、かすかにだが知っている気がする。武にとって大切な時期に、当人にとっては大事件ともいうべきことが起きたのだ。

正介が改名で、正治から正介と呼ばれ得意になっていたのとはわけが違う。正治の運命が正介になっても何も変らなかったのに比べ、その息子の武の運命は大きく変ってしまった。

武の最後は、「芳夫没」である。戸籍名は変っていなかったのだ。


ねえ、伯父ちゃんはどうしてバカって言われるの？　タアちゃんバカじゃないのに。タアちゃんみんなに馬鹿にされてるけど、ちっとも馬鹿じゃないよ、本も読んでくれるし、お話もしてくれて、先生よりも先生みたいだよ、ねえ何で馬鹿なの。

由布の弟の息子が学齢前の頃、よくそう言っていたのだ。甥や姪の問いかけに答えようがなく立ち往生したのを思い出す。その頃の由布には見えなかった武のほんとうの姿が、子供たちの眼には見えていたということだ。それに心をとめようともしなかった由布だった。

武は読み書きが得意だった。新聞も家の中で一番丹念に読み、政治や社会のことは誰よりも詳しかった。武は閑さえあれば机に向かっていた。机といっても、武の食事兼用の卓袱台である。食べ方がのろいという理由で、武はみんなの食卓から離れたその小さな卓袱台で、一人の食事をさせられていた。

そこで武は自分で読み書きの勉強もしていた。新聞から字を書き抜いていることもあった。

わからない字があれば武に訊けばよかった。弟たちが学校で使っていた古い国語辞典をいつもそばに置いていた。武はその辞書に加えて、弟妹たちの使用済みの高校やら中学の国語や歴史の教科書を大切にしていた。雑誌の付録の福沢諭吉やリンカーンの偉人伝なども愛読書だった。

へえ、お前は生意気だねえ。難しい言葉を知っててさ、そういうことだけは達者なんだから、いやになるよ。屁理屈ばかりがうまくなってさ。すべてそういうふうに知恵がまわってくれればよいものを。

佐和は、そういう武に辟易していた。使いかけのノートなどやるんでなかったよ。まだ空きがあるから勿体ないと思ったのが間違いだった。わたしも余計なことをしたもんだよ。

算数はまるで駄目だった。思えば当たり前なのだ。何も教育されなかった。にも拘らず、武は独自の方法で自分の向学心を充たしていたのだ。

外で働いてみたい、が口癖だった武は、町へ使いに出されたとき、自分で仕事を見つけて帰ってきたことが度々あった。材木屋のおが屑集めや、よろず屋の水まき……。

物笑いになるのがオチだよ。何も恥をさらしにいくことはないだろ。大体、いくら言って聞かせても分からないところが馬鹿の証拠だよ。何もできないくせに。そんなこと承知しないよ。

高飛車に言っていた佐和だ。

本気で武を理解しようとすれば、知恵遅れでないということは誰にでも簡単に分かったはずだ。思い込み以外の眼で、武を見ようとはしなかった。誰も彼もが……由布も。武のことで苦労が絶えないという佐和に、みなが同情さえしていたのではなかったか。

知能指数が取り沙汰される時代に武が育ったわけではない。もう少し遅く武が生まれていたら、長男でなく末っ子としてでも生まれていたら、小学校にも特殊学級というものが出来始め、この学級に入るには知能が高すぎる、とはじかれただろう。

武が二十歳を越えていた頃に一度、知能指数がこれだけあると、単純作業には向かないから、と職業訓練所で断られたことがある。そのときも由布は武に付き添ってその場にいながら、何も見えていなかった。気づこうともしなかった。聞き流している。いや、知恵遅れでも上位なのだ、と得々としたのではなかったか。常に武への差別に怒りながら、由布自身の妙な優位意識には気づいていない。

佐和の言う通り、武は厄介な知恵遅れに違いなかった。武が自然に暮らしているだけで、おのずと知恵遅れの枠からはみ出している武と、家族は遭遇しなければならないのだから。

それが度重なっても、武の置かれた境遇は何も変らない。武を足手まとい扱いしながら、他の者たちはみな、それでようやく人並みの自分を成り立たせていたのではないか。

誰もが気付かなければならなかったのは、知恵遅れの武との関わり方ではなくて、もとから武を知恵遅れではなかったという事実に真正面から向き合わなければいけなかったのだ。知恵遅れと決めつけている者のすることなど、何ひとつ武のためになるはずがない。身にそぐわない運命に置かれている武を、さらに深い混沌へと導いていくばかりだ。

生涯飽くことなく繰り返された佐和の叱責と武の口ごたえ。はたからは滑稽にも映りかねないそのやり取りの中に、聞き取るべき本当の声は響いていた。ただ誰も聞き取ろうとすらせず、声を発している武にしか、それは意味をもたなかったということか。

武が死んだあと、佐和がよく口にしていた言葉を由布は思い出す。由布はその度に自分の耳を疑った。

武にはとうとう大きな声ひとつあげたことなかったよ。素直だったねえ、あの子は。

由布は思わず佐和の顔を見詰める。

人並みに扱われなかったばっかりに、武の写真は何枚もない。見るからに他の人と違っているところなど何も見つけられない。人並みより小粒なだけだ。眼がきらきらしている。正介そっくり男っぷりもよい。

その面影が、由布に遠い時間の向こうに置き忘れていたある場面を、鮮明に蘇らせた。

由布は何もかも習得してパーマ屋の店主になったわけではなかった。戦後のどさくさに紛れて年端もいかないときに、年齢まで偽って、稼ぎながら腕とやらも磨き、かろうじて食い繋いできたというだけなのに、いつの間にか客から信用を得ていた。今さら、花嫁着付の技術を身につけていないのだとは言えない立場だった。

先生さんよう、娘が嫁入りなだよう。お支度は先生さんにおまかせすっから、よろしくおたのみ申します。

お仲人さん頼まれちゃって、それで、花嫁さんのおつくりは、もうなんと言っても先生ですよ、って、先生を紹介させてもらいましたから……。先生にひと肌脱いでもらうのが愉しみでね。

ここまで贔屓にされてしまっては、引くに引けない。これまでは、着付だけ専門にやっている近くに住むお婆さんに、手不足を理由に仕事をまわしていたのだが、いつまでも誤魔化し、逃げてはいられない時期がきていた。

店主として由布は意地を張るしかない。同業者に教えを乞うには由布にも面子がある。また、高い月謝と交通費を払って講習を受けに上京する余裕は、経済的にも時間的にも無い。無い袖は振れないのに、由布はそれを振ると決意した。

独習すればよい。独学だ。稽古台は武だと眼をつけた。武の意向も何のその、店の命運がかかっているのだ。佐和と武、由布だけの秘密。夜中の仕事、夜中の講習。講師は誰？　花嫁着付全集の分厚い本、それが先生だ。その本の前に、坐って思わず手を合わせている由布だった。

弟妹が寝静まるのを待ち、奥の部屋に、しん張り棒をかって、らんらんと眼を輝かせている三人組み。これから悪事を働くという陰謀持って結束した三人、八畳の間に閉じこもる。

よい相棒、稽古台を引き受けた武のスタイルは、メリヤスシャツとも引きで、胸と腹にかけて佐和が子を産んだときに腹帯として使ったという白い晒をぐるぐる巻く。ボディ作りだ。小柄なので扱いよい。が、武は男だ。胸を作らねばならないことに気がつく。ぐるぐる巻きにしたのをほどきにかかる。ほら、協力だよ、廻って廻って。佐和は、お前は気が利かないねえ、と武をせっつく。いいの、いいの。じっと立っててくれるだけでいいよ。由布は反対回りにおどおどと廻ろうとする武をとどめる。新たに綿やタオルで胸や腰の肉付けをする。こんなものかねえ、佐和がタオルや綿を抑え、手を貸してくれている上に再び晒を巻いていくと、ふっくりしたボディが出来上がっている。肌襦袢と腰巻きをつける。武は案山子みたいに両手を水平にし体を硬直させ神妙な顔をしている。終ったら、ほら、武の好きなたいこ焼きを欲しいだけ食べていいんだからね、佐和は小さな声でモデルの耳元に囁いている。二本立てのチャンバラ映画にも行かせる、とは三人組みを結成するときに約束済み。古着屋から手に入れたのは、田舎芝居の役者が巡業にでも持ち歩いたのだろう、よれよれの金襴緞子。着付全集本の先生にお伺いを立てながら、それを武に着せていく。何度も何度も着せたり脱がせたりの着せ替え人形。腰紐をぎゅっと締めすぎて、武に苦しいようと眼を白黒されたりの、相手が生身の人間だということさえ忘れている由布の懸命さである。冬だというのに、暖もとっていない部屋でみな汗だくである。緊張と熱気、そして、体力のいる力仕事なのだ。由布も武も額からぽたぽた汗を垂らしている。

衿元が格調高くというには程遠いよ、ここにそう書いてあるよ。と、佐和は講師気取りだ。裾の流れがしゃっきりしないとか、由布の奮闘の姿に助手の手を差し延べながら、評論家にまでなってあれこれ言っている。何しろ、由布自身が和服というものに手を通したことがない。腰紐や衿芯を手際よく由布に手渡ししてくれる佐和は、嫁にきたときからある時期まで、丸髷結って当たり前に和服を着ていたのだから、身についたお師匠さんぶりを発揮してもおかしくはないのだった。三人がそれぞれの真剣な思いの中にいるときに、佐和は急に吹き出す。佐和が笑い始めると、もう、止まらない。連鎖反応で由布も腹を抱えて笑い転げまわる。よろけると帯が結べないと言われて武は柱を抱えて足を踏ん張ったままだ。武の背には夫婦結びという名の飾り結びが華やかに負わされ、身動きしまいと必死なのだ。自分の姿が笑いの対象になっているのを承知で澄ましている。タアちゃんよく似合うねえ。ほんとうによく似合うよ。お前にはそれが一番いいよ。間違って男に生まれてきちまったんだねえ。佐和はほんとうに愉しそうに笑いこける。由布はふと、タアちゃんに嫁さんを貰ってもおかしくはない年頃なのだ、と思う。

しいっ、みんなが起きちゃうよ。

佐和と由布は武に喝を入れられる。いくら古着でも、振袖に打ち掛けともなると大変な目方である。着せられる方も着せる方もなかなかの重労働だ。きゅっとよい音をさせて帯結びが出来るようになるには、何回となく何日となく武と向き合う。武はいやな顔ひとつ見せなかった。何種類かの飾り結びを覚え、プロとしての手際よさと迅速さを身につけなければならない。時計を前にして、佐和が、あと五分、三分と秒読みしての猛練習だ。由布の腕はぱんぱんに腫れ上がる。それで終了ではない。着付の部は合格とし、いよいよ化粧に進む。

引き続き稽古台になる武。あまり髯も生えないたちなのか、肌はすべすべで化粧のりがよい。先ず肌襦袢だけ着せた武をもろ肌脱ぎにして、うなじから肩まで水白粉を平刷毛でペンキ塗りの如く塗りたくる。ついで、パフで叩き込み、パフに付いた余分の水白粉をもう一方の手にもったタオルでふき取る。武はきめ細かな肌の中から薄赤みさえ湛えた、初々しい花嫁の肌になっている。

やむなくの手段だから、由布がこの独学に真剣になるのはあたり前だが、その由布より武の方がよほど真剣な顔をしている。佐和はますます吹き出してばかりいるのだが、折角作った下地化粧が崩れては困ると駄目押しをされた武は、唇を一文字に結んで頑張っている。真っ白に塗りこめた武の顔の上に、頬紅をさし、目張りを入れ、最後に口紅だ。丹念に描く。これ以上の花嫁さんはいまいと思われるほど、なんとも初々しく美しい。花嫁さんは何といってても気品よく仕上げなければならない。ひと刷けひと刷けするうちに武の中から自ずとその気品が滲み出てきた。武は造形的にも整っていて、男にしては色が白く、唇の形もよい。

三人の夜毎重ねた悪巧みの時間にも終りがきた。無から生じた力作篇。

いよいよ本番を明日に控えて、由布は夜遅くまであれこれメモしたりしながら手順を整えていた。店の方は着付室があるわけでもなく手狭なので、少し離れた住いの方に、貸衣裳が届いていた。由布がふたを開けて衣裳を広げていると、武が近くに寄ってきた。

いいよ、ボクなら。もう一回モデルになるよ。

不安で落ち着けなかった由布の気持を、なぜ、武が知ったのだろう。由布は涙が出そうになるのをこらえ、今一度本番通りの姿を作ってみる。

古着の花嫁でなく、何十万もする新品の金襴緞子の衣裳での格調の高い花嫁が出来上がった。


由布がベテランの顔をして着付第一号の客を手捌きよく無事仕上げ、プロとしての面子を保てたのも、あの土壇場での武の陰の応援があったからだ。

そのあと、由布は当たり前の顔をして従業員に花嫁の作り方の指導をしている。着付もできないようでは店主になったとき営業が成り立たないからね、と。それ以後、何十回となく花嫁を作ってきた由布だが、武の時ほど入魂の花嫁を作ったことはない。最後の仕上げで唇に紅をさすときの息を詰めた緊張感。武も一緒に息を殺していた。紅筆を置いてほっとする由布を見て、武もふうっとためていた息を吐いた。その笑顔の言うに言えないやさしさは、ほかの誰からも感じたことのないものだった。角隠しと、簪をつけた日本髪の重さに俯きがちになっている武は、恥じらいを見せた風情になって、はこせこを胸に、扇を帯にさし、いじらしいまでに可憐で美しい花嫁御寮の人形だった。どこからどこまで輝いていた。

あのときの武の真剣さが蘇ってみると、当時、武によって一家が支えられていたことが、由布にははっきり分かる。ついそのことに気がつかずに、うっかり、感謝のひとつもなく生きてきてしまったが……。

風はいつの間にか木枯らしになっている。相変らず何かを振り落すようなしぐさで身顫いをした由布は、駅からまっすぐ沼へと向かって歩く。そろそろ佐和が戻ってくるかも知れない。姉や弟妹たちの家を訪ね歩く佐和の習慣も、やがて互いに始めの鮮度を失って、終りがくるだろう。

沼のほとりに立って、対岸でちかちかと、ともっている灯りを眺めるだけでいい、と由布は思う。子供の頃の武が、自分を「ヨッちゃん」と呼んでくれる人を求めたように、由布も、自分に呼びかけてくれる小さな光の瞬きに会いたくなるのかも知れない。

由布はそれに向って歩く。

解説

上田徳子

人はものごころのつくかつかぬうちに、自らのライフ・ストーリーを作り上げると言う。〝よちよち歩きの頃から乳母車の中の兄をまわらぬ舌で子守唄を唄って守りをした〟（「沼に佇つ」）とあるが、兄の守りが村尾文のライフ・ストーリーであったと思われる。

村尾作品の主人公たちは、基本的には殆ど作者自身と等身大である。兄を守って生きている。主人公は家族と争い、兄に目を向けさせようとする。運命につき動かされるように、この知恵遅れの兄を守っている主人公たちなのである。

村尾文自身は小説という表現手段を持った時、自らのブラック・ホールを探り始めたのである。

ライフ・ストーリーとは生き甲斐であろうが、同時に自らを縛る鎖でもあろう。

主人公たちは何れも兄を守って健気に生きている。作品の大きな魅力のひとつである。しかし、真の魅力はブラックホールをまさぐっている作者の情念にある。ブラックホールとは多かれ少なかれ誰しもが抱いているものであろう。しかし気付かないか或は目を瞑って生きている。村尾作品はそんな私どもに代わって、人間存在の底から立ち登ってくる怒りや悲しみや辛さを問うてくれる。

兄と、もうひとつの柱は母親である。自らが作り上げるとは言え、ライフ・ストーリーには作るべく手招きをした存在がある。超自我とも言えるその存在は母親に象徴されている。

処女作「冬瓜」は、土地の風習で葬いの料理に必要な冬瓜を探し歩く疎開者の母親と女の子の物語である。母親は農家の子への愛想に女の子の赤い靴を上げてしまう。赤い靴は女の子の存在の象徴と受けとめられる。女の子は、母親が分けて貰って抱いている冬瓜に、村人たちが惨殺してしまった若いアメリカ航空兵の手足をもがれた姿を重ねる。終戦の日の油照りの午下がり、親子の歩き続ける村道には村の子どもたちの唄う御詠歌のような唄が聞こえる。親に訴えるような哀切な響きをもって。

村尾作品には、運命的な哀切感、罪悪感、そして疎外感が随所に見られるが、「冬瓜」にはその全部が色濃く流れている。ブラックホールそのものであろう。超自我は母親によってコントロールされ、主人公はその最中にあって無力であり母親を受け入れ続ける。

「無花果」は「冬瓜」と同じく幻想的であるが、加えて粘っこさをもった作品である。「冬瓜」の女の子は「無花果」では母親の立場に自らを置く。

一本余計な指を持って生れた娘に対する母親の気持ちを、これでもかこれでもかと執拗に追っていく。娘を呑み込もうとする母性と娘を生かそうとする母性のせめぎ合いである。

その結果、遂に作者は次の描写を得た。〝ピンクの爪を従えた母なる拇指が毅然として大地に立っている。その傍らには鉈がおかれている〟と。村尾文は超自我の本体を見たのであった。鉈を認識することによって、母親に振りまわされるだけではなく、自らの意思でコントロール出来る力を得たのである。このことは村尾作品に大きな力と奥行きを与えたものと思われる。

「冬瓜」「無花果」は村尾作品の地下茎とも言える作品である。

「地下足袋」の遠景には「冬瓜」の赤い靴が見える。母親に赤い靴を取り上げられた女の子はここでは地下足袋を履いている。ずぶ濡れになったその上大きすぎる地下足袋ではあるがその地下足袋で、母も、兄も夫も包み込んで生きていこうと決意する。〝お前さんがそれを選んだのではなかったかい。ずぶ濡れになった地下足袋からの声は乱暴だが温かい〟とあるように、地下足袋は今や主人公の内的エネルギーとなった超自我の象徴である。

しかし作者はこれでよしとはしていない。入水した時の子の笑い声を、今は成長した子の母親への鎧と受け止めて作品は終る。作者は自らを追い続ける。

村尾文は精薄ということ自体へも疑いの目を向ける。「沼に佇つ」では、戦中戦後の苦しさ辛さから両親は兄をその吐け口とする。改名させて幼児のアイデンティティーを混乱させたり、馬鹿呼ばわりをしたりする。叔母から子どもの頃は正常だったと聞かされた主人公は、兄は両親の苦しさ辛さを我が身に引き受けて、自らも精薄者へと追いつめていったのではなかろうかと疑う。

そんな兄に作者は輝くような場面を作り出した。

花嫁の気付けを独学で習得しようとする主人公に、知恵遅れの兄はモデルになって協力する。母親も手伝う。皆が寝静まった夜、三人は渾身の共同作業をする。疲れ果てていても兄はもう一度モデルになることを申し出る。そこには精薄者はいない。疎外感もない。

母と子の絆の不条理を村尾文は「水の母」で描いた。

母親は知恵遅れの兄を邪険に扱いながら、父親似の弟を、その父親は女と出奔したにもかかわらず、大切にし気を遣っている。主人公は納得がいかない。

作者は、月を母に、海を浮遊するくらげを子になぞらえながら、母と子双方のまなざしで母子の絆を見る。〝月の子どもたちは海の中に生み落とされてかあさんを探している。海の中にいるはずもないのに〟と受けとめるのである。

母親というものは気侭に振る舞いながらでも、子どもと甘美な世界を作り出せるものである。子もまた、母を責め母に反撥しながら、母に甘え母を赦し続ける。子のくらげにとって月の母は〝見つけたと思っても影だけ〟の存在なのである。ここには諦観にも似た作者のきびしさがある。

「雪景色」の主人公正子にとって、知恵遅れの兄、武は心の安らぐ相手であった。武とだけ生きてもよいと思っていた。しかし一方、そのような自分を心許なく思い不安でもあった。「雪景色」はこんな正子に、「雪は夢を消しにやってきた」作品である。雪が夢を生むのではなく消すと表現したことに、宿命からの解脱を願う隠れた気持ちが汲み取れはしないだろうか。

転機はあひるのレームが死んだ時にやってきた。レームは自分の産んだ卵を犬のサムに食べさせたりしてサムの守りをしているかのようであった。正子はサムを武に、レームを正子自身に重ねていた。

レームは首を伸ばし羽を広げきって死んでいた。正子はその姿を〝空に向かって飛ぼうとして落下した形〟とも見、〝何ものかから逃げきれなかった姿〟とも見たのであった。正子はサムが〝こんなレームがいて仕合せだったのかつらかったのか〟と思う。そして〝相手を仕合せにするにしろつらくするにせよ、正子は誰の守りもしないで終るであろう自分が見えたのであった。ブラックホールがポテンシャルパワーに転位した瞬間であった。兄の守りをするというライフ・ストーリーから解かれたのである。十字の形をして死んでいったレームが解いてくれたのであろうか。作品は付添婦から贈られた上ばきに嬉々としている武と、持参の上ばきをそっと手さげの中へしまいこむ正子を描いて終る。

村尾文の言うブラックホールとは何か、それは原罪という言葉に置き換えられよう。原罪は人間を縛り時には傷つけもしようが、一方人間を人間たらしめるためのポテンシャルパワーとなり得るエネルギーである。ポテンシャルパワーは転位しつづける。村尾作品の魅力はこのエネルギーの転位であり、対象に迫っていく力強い筆力である。その筆力は作者の資質とも思われる「潔さ」に支えられている。

「冬瓜」は一九九〇年の船橋市文学賞を受賞した。他の作品は「文学界」の同人誌ベストファイブに入るなど、その文業は一部の読者の知るところであったが、八十歳を超え、単行本として世に送り出すことは、まさに快挙として心から慶びたい。

（うえだ・とくこ／文芸評論家）

「体験」から普遍性へ（抄）

後藤明生

（船橋文学賞【小説部門】選評／一九九〇年）

『冬瓜』は、太平洋戦争下の疎開物語である。といっても、すでに「疎開」という日本語を知らない世代が増えつつある。しかし、それだからこそ、「疎開」という言葉を知らない読者に、どのようにして疎開物語を伝えるか。その語り方、表現の方法が、小説の問題として重要になって来るわけである。

舞台は「鹿島」に近い海沿いの村らしい。そこに東京から母親と一緒に疎開して来た小学生の「和子」の目で、物語は書かれている。真夏のある日、「水痾癪」と噂されていた「房」という女が、「えんま」と呼ばれている浅い流れにはまって死ぬ。そこへ、出征していた「房」の夫が「英霊」となって帰って来た。和子は母親と一緒に、葬式用の冬瓜の買出しに、対岸の村へ出かける。二つの村を歩きまわり、やっと冬瓜を売ってもらうが、代金の他に和子の赤い革靴も差し出された。

母親は冬瓜をタオルでくくり、首から胸にぶらさげて歩く。ここで、一週間前に起きたB29の墜落事件が挿入される。畑の中に撃墜されたB29に乗っていた若い米兵が、村人たちによって殺されたらしい。この場面は体験かどうかはともかく、どこかできいたような話で、描き方も類型的である。母親と和子は、くたくたになって渡し舟で村へ戻る。すると「幸兵のおっかあ」が、日本は戦争に負けたという。

「和子」はたぶん作者自身の幼い分身だろう。太平洋戦争の敗戦体験は、それぞれの世代にとって、それぞれに深刻なものだ。私自身も中学一年で敗戦を体験した。それは、ある意味では、私の人生を決定したともいえる。ほとんど運命といってもいいくらいの体験である。『冬瓜』では、そういう深刻な疎開体験が、キマジメに語られている。文章も、書きなれた、手固いリアリズムである。したがって読者は、それぞれの体験を重ね合わせて、感情移入しながらこれを読むに違いない。

選考のあと、この作者には「文学界」（昭和62年11月号）に〈同人雑誌推薦作〉として掲載された『地下足袋』という短篇があることを、主催者の方から知らされ、読ませてもらったが、基本的には『冬瓜』に対するのと同様の感想を持った。しかし、すでにそういう実績を持つ作者が受賞者となったことを、この賞のために大いに喜びたい。

＊後藤明生（ごとう・めいせい／作家／一九三二―一九九九）

著者略歴

村尾　文（むらお ふみ）

1934年四男四女の次女として東京に生まれる。

戦後、双子の弟の誕生によって子守のため中学校を中退。18歳で家業の美容室を継ぎ店主となる。

40歳を過ぎて小説を書きはじめ現在に至る。

村尾文短篇集　第1巻
冬瓜（とうがん）

2017年1月10日　初版第1刷

著　者　村尾《むらお》　文《ふみ》
発行者　日高徳迪
装　丁　臼井新太郎装釘室
装　画　尾崎カズミ
印　刷　平文社
製　本　高地製本所

発行所　株式会社西田書店
〒101-0051 東京都千代田区神田神保町2-34 山本ビル
Tel 03-3261-4509　Fax 03-3262-4643
http://www.nishida-shoten.co.jp

ISBN978-4-88866-611-4　C0093

・定価はカバーに表示してあります。

【読者の皆様へ】

視覚障碍者の方へ作者自身による本書の朗読ＣＤを差し上げます。ご希望の方は小社宛ハガキで申し込みください。

〒101-0051
東京都千代田区神田神保町 2-34
西田書店